Murder
Gone
Mad

Philip MacDonald

論創海外ミステリ 119

狂った殺人

フィリップ・マクドナルド

鈴木景子○訳

論創社

Murder Gone Mad
1931
by Philip MacDonald

目次

主要登場人物

〝ザ・ブッチャー〟……………連続猟奇殺人犯
ライオネル・コルビー…………〝ブッチャー〟の第一の被害者
ジョージ・コルビー……………ライオネルの父親
パメラ・リチャーズ……………〝ブッチャー〟の第二の被害者
パーシー・ゴドリー……………パメラの元婚約者
エイミー・アダムス……………〝ブッチャー〟の第三の被害者
アースラ・フィンチ……………ホームデイル・クラリオン紙主筆
サー・モンタギュー・フラッシング……ホームデイル田園都市株式会社会長
グレイリング大佐………………州特別志願警察隊のホームデイル分隊長
アルバート・ロジャース………電気工
ロックウォール…………………英国国教会牧師
ウィルフレッド・スプリング…映画監督
アーサー・リード………………医師

マージョリー・ウィリアムズ……………調剤師
マイヤーズ……………………………郵便局長
オノリア・マラブル…………………下宿の女主人
モリー・ブレイド……………………マラブルの下宿人
ミリセント・ブレイド………………モリーの娘
ジェフソン巡査部長…………………ホームデイル地区警察責任者
サー・ジェフリー・マナリング……州警察本部長
デイヴィス警部補……………………サー・ジェフリーの部下
ファロー警部補………………………サー・ジェフリーの部下
アーノルド・パイク…………………ロンドン警視庁《スコットランドヤード》犯罪捜査課の警視
カーティス巡査部長…………………パイクの部下
ブレイン巡査部長……………………パイクの部下
エグバート・ルーカス………………ロンドン警視庁副総監

第一章

午後の間に雪が降った。線路の両脇に広がる野原は、軽やかな白いマントをまだ纏っていた。ホームデイル駅の目前に屹立する切通が、枯れきった植え込みを黒白《こくびゃく》の狭間飾りのように戴いていた。

暖房の効きすぎた小さな駅長室の扉が開き、部屋の主がプラットフォームに姿を現した。ぶるると身震いし、両手で手鼻をかむ。「下り」線の信号機が腕木を下ろすガタンという音が、冷気に運ばれ耳朶を打った。

蒸気を盛大に噴き上げ、耳をつんざくブレーキ音を響かせながら、六時半の列車が入構した。ホームデイルの長いプラットフォームいっぱいに車体が横付けされる。賑々しい光を振り撒き、肩を寄せ合って並ぶ小さな家々が入ってきたようだ。列車の扉が開き、降りてきた人々が暗い流れとなってプラットフォームに溢れ、階段へと押し寄せた。

階段を上りきると、人波は二筋の流れに別れ、右手の東口と左手の西口に向かって進んでいく。二筋の流れは跨線橋を渡り、また別の階段を降りていく。階段を降りたところには疲れ顔の改札員が立っており、差し出される切符をひったくり、あるいは、あちこちに目を配らなくてはならない子守女のように、「定期」の文字が記された何百もの緑色の四角い券に目を通している。

　切符売り場に溢れ出た人波は、両開き戸を抜けて凛と張った夜気の中へと出て行った。白い柵で囲まれた砂利敷きの前庭には、トレーラーハウスを変にいじくったような二台のバスが皓々と光を放ち、エンジン音を静かに響かせて待っている。一台に乗れるのは二十七人まで。タイヤの周りで人波がほどけ、それから少なくとも二分は経った頃に、二台のバスはそれぞれ五十を下らない客を乗せ、夜陰の中を出発した。少しずつ流れを細らせ、終いには雫となった人波の名残は、話し声と共に三々五々と散っていく。その声は冷たい夜風に乗り、滑らかな鉄路に靴底が足音を響かせた。

二

「おやおや！」と、コルビー氏が声を上げた。「バスを逃してしまったな！」

「なに、全然構わんさ」黒いコートの襟を立てながら、コルビー氏の友人はぼそぼそと答えた。

「うん」と、コルビー氏。「私だって構わない。だってねえ、ハーヴィー、冴えた空気があんまり気持ちいいから、歩いて行きたい気分なんだ。頭がすっきりするだろうねえ」

「ああ」と、ハーヴィー氏。「そうだな」

　コルビー氏は傘とアタッシェケースを右手に持ち替えると、空いた左手でハーヴィー氏の腕を摑んだ。

「一マイルかそこら歩くというだけさ。夕食がいっそう美味しくなると思わないか？」

「そうだな」と、ハーヴィー氏。

「日のある内に着ければよかったな。街の風景を見てもらいたかったよ。まあしかし、明日の朝があるさ」

ハーヴィー氏は呻き声を漏らした。

「我が家への道順はふたつ」コルビー氏は言った。「野原を突っ切るか、ここからコリングウッド・ロードに出るか。私ひとりなら、いつものように野原を突っ切っていくんだが、今夜はコリングウッド・ロードを通っていこう。慣れていないと、野原を行くのはちょっと大変な道のりなんでね」そこで言葉を切ると、コルビー氏は賑やかに鼻を鳴らしながら冷たい空気を吸い込んだ。「ああ、なんて爽やかな風だろう。汽車を降りた時にそう思わなかったかい？　我々は今、英国のど真ん中の、海抜およそ五百フィートの地点にいるのだよ。五百フィートだよ、ハーヴィー！」

「ほう、そうかい」と、ハーヴィー氏。

「そうとも、五百フィートだ。この街に来てから、うちの息子も別人のようさ。一年前にここに越してきたばかりの頃は、母親は――正直言うと、父親もね――あの子のことで心配ばかりしていた。わかるだろ、ハーヴィ。ライオネルは病弱で、体も小さい方だったんだ。それが今じゃ立派に育ったものさ。まあ、あの子に会ってみてくれよ……。さあ、コリングウッド・ロードに出たぞ」

「コリングウッド・ロードかね？」ハーヴィー氏が聞き返す。

コルビー氏は力強く頷いた。山高帽をかぶった氏の丸い頭が、闇の中でゴブリンのように見えた。

「もちろん、我が家はコリングウッド・ロードではないよ。街の向う側まで出なければいけない。街外れもいいところなんだ」

「いい思いつきだね、田園都市（イギリスで提唱された自然共生型の計画都市。土地会社に運営される）というのは」と、好意的な言い方で、ハーヴィー氏は自分の意見を口にした。

「ホームデイルは」コルビー氏の声が少し険しくなった。「田園都市じゃない。ホームデイルは長髪の芸術家が住む街ではないよ。まあ、ジャーナリストや著述家はいないこともないが、割にまともな者ばかりだよ。レッチワース（ロンドン郊外に建設された最初の田園都市）でなら見掛けたことはあるが、ここにはガウンやスリッパで出歩く者もいないよ。いいかい、ホームデイルはホームデイル、それだけだ」

久し振りに体を動かしたところに気持ちのいい涼風が効いたのか、ハーヴィー氏は常になく黙っていられなくなった。「私が理解しているところでは」ハーヴィー氏は応戦した。「この街の正式名称は田園都市ホームデイルだったはずだが」

「〝だった〟と言うなら」と、コルビー氏。「君は間違っていない。今はホームデイルなんだよ、ハーヴィー。何もつかないホームデイル、ただのホームデイルさ。半年に一度開かれる株主総会で、田園都市の名称を捨てることが決まったんだよ。私はその動議を強く支持したんだ、そりゃもう強くね！　動議が可決されたのは幸いだった」コルビー氏は安心させるように優しくにっこりと微笑むと、ハーヴィー氏の右腕にもう一度手を置いた。「だからね、ハーヴィー」コルビー氏は言う。「ホームデイルで上手くやっていきたければ、田園都市ホームデイルとは言わない方がいいよ」

「なるほど」ハーヴィー氏は言った。「了解したよ」

小さくも手入れの行き届いた庭が帯状に続き、こぢんまりとした瀟洒な家々が暗がりで肩を並べるコリングウッド・ロードの長い街並みが終わろうとしていた。コルビー氏は街灯の下で立ち止まると、時計を見た。

「いい時間だ」コルビー氏は呟いた。「君はなかなかの健脚だな、ハーヴィー！　ここでいつも時間を計っているんだが、昨夜の記録を三十秒は上回ったぞ。ここまで来ればもう少しだ。じきに暖炉で足を温められるし、ついでに一杯やろうじゃないか」

「そいつは素敵だな」ハーヴィー氏は少し熱の籠もった声で応じた。

唐突に田舎道めくマローボーン・レーンを横切ると、ヒースコート・ライズの高台に向かう入口に出た。

「この坂を登って」と、コルビー氏。「右に曲がれば、我が家に到着だ」

「ああ！」程なくしてハーヴィー氏は垣根に挟まれた小路を抜けると、高床式の花壇が点在する芝生の上に立ち並ぶ、見分けのつかない小さな家々に囲まれた長方形の空間に足を踏み入れた。

芝生には白い小さな鎖で繋がれた、白い小さな柵が張りめぐらされている。一階の窓はどれも四角く、そこから漏れてくる光は一様にピンク色に染まっている。〈天守閣《ザ・キープ》〉――友人はザ・キープ四番地の住人なのだ――に住まう奥方たちは皆一緒にカーテン選びをしたのだろうかと、ハーヴィー氏は一瞬訝《いぶか》しんだ。

「さあ、着いた、着いた、到着だ！」突如としてコルビー氏が、溢れんばかりの喜びに充ち満ちた歓声を上げた。気付けば、腕金から吊されたぴかぴかの真鍮のランタンが頭上に輝く、深紅色の小さな扉の前に立っている。ハーヴィー氏の腕を離し、コルビー氏の手がキーホルダーを探したが、鍵が見つかるより先に、小さな赤い扉が内側から開けられた。

「お入りくださいな！」コルビー夫人が顔を出した。「おふたりとも、さぞお腹を空かせてらっしゃることでしょう」

ふたりは家に入った。狭い玄関が急に人の体でぎゅうぎゅうに混み合った。

「紹介するよ」コルビー氏は妻を見ながら、邪魔にならないよう少し体を離した。「ハーヴィーさんだ。ハーヴィー、コルビー夫人だよ」

「お会い出来て嬉しい限りです」ハーヴィー氏は言った。

「私もですわ」コルビー夫人も言った。夫人はふっくらとした愛想よしで、小柄な体で忙《せわ》しなく動き回っているのに、落ち着いた印象を与える女性だった。二十八から四十までの間なら、何歳と言っても通用する。多少衰えたとはいえ、今も充分に美人である。夫人は夫と夫の友人の顔とを交互に見た。

コルビー氏は洗礼名をジョージといい、年は四十五、百六十六センチの身長に一メートルの腹回り、体重は大体六十六キロという体型だ。青い瞳は感じがよく優しげで、秀でた額と、悪目立ちとは言わないまでも、顔の割には大きすぎる口髭の持ち主だった。

四十歳のハーヴィー氏は百九十センチに届かんという上背ながら、胸囲は七十六センチで、服を脱いで計った体重は六十キロしかない。髭は綺麗に剃っている。それに、禿頭《とくとう》だ。ぱっと見た感じでは厳めしく、冷酷そうな印象を与える顎の尖った痩せた顔は、近眼の癖で目を細めると、鼻から口の両脇にかけて二筋の深い皺が刻まれる。だが、コルビー夫人が今し方目にしたように、ハーヴィー氏が微笑むと（氏はよくそんな顔をする）、氏が人好きのする人物で、この家の主人よりも穏やかな人柄であることが知れるのだった。

コルビー氏は右手にあるふたつめの扉を開けた。「ここが居間だ。さあ、ハーヴィー、入ってくれ」

ハーヴィー氏はこの家の奥方の前を、次いで主人の前を窮屈に通り抜けた。

「おまえも来るかい？」コルビー氏が訊いた。

夫の質問に妻は首を振った。「後でご一緒するわ、お父さん。ローズが食事の支度をしているから、手伝わないと」

「坊やは何処だ？」と、コルビー氏。

「二階よ」子供の母親は答えた。「宿題を片付けているわ。夕食後に少年団の集まりがあるから、先にやるべきことをやっておきたいのよ」

「ところで」コルビー氏は少々改まった。「酒を飲みたいんだが、よろしいかな……？」

夫人は慌ただしく立ち去った。コルビー氏は友人と一緒に居間に入った。物々しい態度で書き物机の下の開き戸を開け、黒い壜とソーダ・サイフォンを取り出す。コルビー夫人がタンブラーをふたつ載せた盆を持って戻ってきた。それをサイドテーブルに置く。夫人は右の人差し指を持ち上げて夫をびしりと指すと、次にハーヴィー氏の方へ、今度は少しお行儀よく、その指を振り向けた。

「殿方ときたら！」コルビー夫人は溜息をついた。

コルビー氏と客人は椅子にもたれ、火の前に足を投げ出して座った。ふたりの手にはタンブラーが握られている。すっかりくつろいだふたりは少々奢った気分になり、満足感に浸りきった。やがて、グラスの中身がなくなりかけた頃、コルビー家のライオネル坊ちゃんがやってきた。十一歳で体格がよく、姿勢もよい。愛嬌のある顔はふっくらとして、人と話す時は少し悪戯っぽく、不思議そうな目つきになり、青い瞳で相手の目をじっと見返してくる。容姿はもちろんのこと、性格でも両親のいいところを継いだのだろう。少年はハーヴィー氏と礼儀正しく握手を交わした。それから、友達に話しかけるような気安さはあるが、充分に礼儀正しい態度で、その日あったことを父親に報告した。

「宿題は終わったのか？」コルビー氏は訊いた。

ライオネルはかぶりを振った。「まだ途中だよ、パパ。お母さんに、ハーヴィーさんに挨拶しなさいって言われたから降りてきたんだ」

コルビー氏は誇らしい気持ちで愛息を見た。「では、戻って終わらせてしまいなさい。今晩は少年団の集まりで何をやるんだい？」

ライオネルの丸い頬がうっすらと赤みを帯びた。青い瞳を輝かせて少年は答える。「ボクシングだよ」

ライオネルは静かに扉を閉めて出て行った。

「これはまた」ハーヴィー氏は偽らざる本心を吐露した。「素晴らしい少年じゃないか、コルビー！」

自分の才能や持ち物を褒められた時に中産階級の英国人が出すような掠れ気味の声でコルビー氏はもごもごと呟いた。

「実に素晴らしい！」ハーヴィー氏は繰り返した。

「ああ、いい子だよ」コルビー氏は癪に障るほど事もなげな声音で答えた。「言ったかな、ハーヴィー。あの子は三期連続クラスの首席でね、私はファロー校長から直々に、二十年見てきた中でこれほど優秀な生徒はそういないとのお言葉をいただいたんだ。だがね、ハーヴィー、あの子は勝負事もなかなかのものでねえ。学校ではサッカーの第二チームのキャプテンだし、将来はいいボクサーになるだろうと言われている。本当にね——私が言うのも何なんだが——ホームデイルの何処を探しても、あの子より優秀で、物静かで、愛情深い子はちょっといないと思うんだ」

「素晴らしい少年だ！」ハーヴィー氏は今一度繰り返した。

三

九時にトランピントン・ホールでは、コルビー家のライオネル坊ちゃんが自分より三歳年上で体重も六キロは重い少年を相手に、スタッブス軍曹が止めに入ったほど一方的に攻め立てて圧倒的な力量差を見せつけ、強烈な満足感に酔い痴れていた。

「パパとママに見てもらいたかったな」ライオネルは胸の内ではそう呟き、友人たちに対しては「御免ね、そんなに強く殴ったとは思わなかった」と、全く嫌みを感じさせせない尊大な態度で自分の非を詫びてみせた。

九時にホームデイル劇場――非常に近代的な発想と抜群の音響設計、そして、熱心なドイツ人がこれ目当てにわざわざイギリスに足を伸ばすほど、独特で楽しい意匠が施された建物である――では、ホームデイル無言座による『古城の衛士』の第一幕に幕が下りようとしていた。席を埋めた二百五十から三百人の観客の内、二百二十二人は劇団の身内だった。

九時に、大英帝国二等勲爵士にしてホームデイル田園都市株式会社会長、サー・モンタギュー・フラッシング所有の大邸宅であるホスピスの図書室では、サー・モンタギューその人が、その夜、食事を共にした六人の取締役に向けた軽いスピーチを締め括ろうと、弁舌を振るっていた。

「……それだから、紳士諸君、大成功の一年が終わろうとしている今、我々はこれを非常に喜ばしいことと……」

九時にベーデン゠パウエル訓練所では、〈ホームデイル母たちの助けあい協会〉主催のプログレッシヴ・ホイスト大会でウィリアム・ファージンゲイル氏が高得点を記録し、一等賞品である黒檀に銀メッキを施した重厚感溢れる揃いのヘアブラシを勝ち取っていくのが時間の問題になっていた。九時にペティファーズ・レーン三番地では、スターリング夫人が文句ひとつ零さずに、ホームデイル電力供給会社で働く夫のために遅い夕食を拵えていた。九時にプレスター・アヴェニュー十四番地では、ティルデスリー゠マーシャル夫人が応接室の客たちに、ジャイルズ・フレッシュウォーター氏が――ソフィー・メイ嬢の伴奏で――グノーの『アヴェ・マリア』を歌ってくださいますから、その後でブリッジを少し楽しみましょうと話していた。九時にクレイピッツ・ロードでは、ホームデイル・クラリオン紙の共同経営者であり、唯一の編集者であるアースラ・フィンチ女史がクラリオン編集部の戸締まりをしていた。九時にブロード・ウォーク十番地では、アーサー・リード医師が事務弁護士のフォックス゠パウエル氏の妻に、新しい家族が増えることはありませんと告げていた。九時にリンクス・レーンでは、アルバート・ロジャースがメアリ・フィリモアにキスをしていた。九時にハイ・コリングスにある〈コテージ〉の居間では、ジュリアス・ウェザビー氏とジュリアス・ウェザビー夫人が夜ごと繰り返される口論の真っ最中だった。九時にコリングウッド・ロードとミンターズ・アヴェニューの角にあるローレルズ老人ホームでは、ウォルター・スティルソン牧師の妻のウォルター・スティルソン夫人が息子を出産しようとしていた。九時にトール・エルムズ・ロード四番地の応接間では、その日、病魔による激しい発作に三度も襲われたルドルフ・シャープ夫人が、事務弁護士たちに見せるために遺言書の補足をしたためていた。そして、九時に駅の周辺では、茶の仲買商人エマニュエル・ゴドリーの不肖の息子パーシー・ゴドリーが、駅に辿り着く前にロンドン行きの最終列車の発車時刻を迎えていた。

十時十五分を過ぎた辺りで、ジョージ・コルビー夫人は不安でそわそわし始めた。夫人とその夫と長身で陰気そうな顔つきのハーヴィー氏は、賭け金なしのブリッジ三番勝負を終えたところだった。

コルビー夫人が突然立ち上がった。青い絨毯の上で椅子がぱたんと横倒しになる。コルビー夫人は言った。

「ジョージ！　何だか——何だか——嫌な感じだわ！　あの子はどうしたのかしら？　ねえ、ジョージ、もう十時を十五分も過ぎたのに」

コルビー氏は自分の時計を見た。次にマントルピースの置時計を見た。それからハーヴィー氏に相談した。二分後、コルビー氏は十時十五分は問題にすべき時間だという結論に達した。

「覚えてないかな」と、コルビー氏。「前に、あの子が十時直前まで帰らなかったことがあっただろう。ボクシングの試合がいつもより長引いた時だ。あの時、私がマクレロンさんに厳重な抗議文を一筆書き送って——」

「わかってるわ、わかってるわ」身を屈めて倒れた椅子を起こしながら夫人は言った。「でもジョージ、今は十時ちょっと前ではないのよ。十時を十五分も過ぎているのよ！」もたもたと椅子をいじっていた夫人は唐突にその手を止めると、やはり唐突に部屋を出て行った。ばたんと音を立てて扉が閉まった。

「私が思うに」ハーヴィー氏はこの家の主《あるじ》を見て言った。「坊やは何か罪のない悪ふざけでもしているんじゃないかね。いい子といってもーーこれは個人的な意見だがね、コルビーーー品行方正なだけではつまらんもんだよ。私も子供の頃はーー」

「クララはちょっと気が昂っているんだ」そう言って、コルビー氏はまた時計を見た。「それでもね、ハーヴィー、やはり子供が出歩いてよい時間ではないよ。もう一杯どうだい？　クララが迎えに行ってくれるだろうが、そうでなければ私が行こうと思う。路上で鬼ごっこでもしてるところを見つけるんじゃないかな」

また扉が開いた。吹き込んできた冷気がコルビー氏の首筋をひやりと撫でる。コルビー氏は振り返った。コルビー夫人が立っていた。ふくよかで魅力的な肢体を外套で覆い、頭にはおざなりに帽子を載せている。外出支度を済ませているのに、夫人は出掛けなかった。代わりに、部屋を出て行く前にいじっていた椅子のところに戻ると、指を絡めた手をぎゅっと握りしめ、喘ぎ喘ぎ腰を下ろした。

「私、行けそうにないわ、ジョージ。あなたが行ってきて」

ジョージはクララ奥さんに眼差しを注いだ。「疲れたのかい？」と、ジョージ。「私たちで行ってくるよ。いいだろ、ハーヴィー？」

「新鮮な空気を吸えと医者に言われているしねえ」と、ハーヴィー氏はおどけてみせた。

外はひどい霜が降りていた。小さな居間でぬくぬく過ごしてきた体から、身を切るような寒さが息を奪っていく。ふたりは咳き込んだ。

「夜はさすがに冷え込むな！」コルビー氏は言った。

「全くだ」ハーヴィー氏は頷いた。

小さな赤い扉を出たふたりは左の道を行った。この小径をまっすぐ進めば、ザ・キープからヒースコート・ライズに抜ける狭い小路に出る。小路の終わりでコルビー氏は右に曲がった。

「トランピントン・ホールは」コルビー氏は言った。「すぐそこだ。三百か四百ヤードしか離れていない」

「ああ！」と、ハーヴィー氏。「確かにそれくらいだね」

ふたりがトランピントン・ホールまで行くことはなかった。

ヒースコート・ライズには四分の一マイルほどの間に街灯が二本立っている。ザ・キープからやって来たふたりは、すでにその一本目を背にして通り過ぎていた。二本目の街灯は、ザ・キープの入口から二百ヤード離れた場所にある。ふたりは車道より一段高くなっている歩道を行き、二本目の街灯に差し掛かったところで、いつもの習慣でコルビー氏が立ち止まり、大きな銀時計を取り出した。ハーヴィー氏も足を止め、友人を振り返った拍子に、肉付きのよいコルビー氏の肩越しに車道の風景が目に入った。

「ああ――なんてことだ！」ハーヴィー氏は絶句した。

「どうした？」ハーヴィー氏の連れは鋭く訊ねた。「何かあったか？」

しかし、ハーヴィー氏の姿はそこになかった。普段なら絶対に考えられないような機敏さで道路に飛び出すと、氏は広い通りの中ほどまで足を進めた。不安という冷たく骨張った手に急所をがっちりと摑まれながら、コルビー氏も慌ててハーヴィー氏を追いかけた。

道路の真ん中で膝を突くハーヴィー氏に、街灯が柔らかな黄色い光を投げかけている。氏は何かの上に屈み込んでいた。

コルビー氏は小走りで駆け寄った。膝を突くハーヴィー氏の肩の後ろで足を止める。

ハーヴィー氏はきっと振り返った。「君はあっちへ行ってろ！　来るんじゃない！」

だが、コルビー氏は離れない。小柄で丸々とした体が塑像のように硬直し、ハーヴィー氏の足下に転がっている何かを見詰めていた。

「ああ！」体から絞り出されたような呟きがコルビー氏の口から漏れた。呟きはもう一度繰り返された。「ああ！」

氏が見ていたのは――ハーヴィー氏が見ていたのは――ライオネルだった。

少年は黒い道路にねじ曲がった体を横たえていた。ハーヴィー氏はライオネルの片手を取った。その手は、少年が横たわっている道路と同じくらい冷え切っていた。

第二章

翌日——土曜日——は風がなく、冷え込みは厳しいがよく晴れた一日だった。本来ならこんな日は、コルビー氏の穏やかな心は少年らしい喜びで満たされていたことだろう。だが、今のコルビー氏の心は、黒一色に塗り潰されていた。

コルビー氏は自宅の狭い食堂で、小さな体をいっそう縮こめ、食卓の前に座っていた。食卓を挟んだ向かいの席にいるのは、ホームデイル・クラリオン紙の編集者にして社主であるアースラ・フィンチ女史だ。女史は小柄で、身拵えのきっちりとした、活動的な女性である。年は三十三にも見えるが、おそらく十は上だろう。仕立てのよいツイードの着こなしは恐ろしいほど洗練されたものだ。自社の花形記者でもある女史の手元では、頻りにめくられる手帳に鉛筆が忙しなく文字を綴っている。しかし、熱を帯びたフィンチ女史の魅惑的な顔は、仕事とは全く関係のない同情心で曇っていた。そして、矢継ぎ早に質問を繰り出し、鉛筆を走らせているというのに、女史の目は怪しい輝きを宿していた。

どうやらコルビー氏は不意に限界を感じたらしい。フィンチ女史が質問する。コルビー氏は答えない。狭い部屋の向う側に視線を投げ、黄色い水性塗料が塗られた壁をぼうっと見ている。最初に、警察がいろいろ訊いてきた。お子さんが家を出たのは何時ですか？　帰宅の予定は何時頃でしたか？　お子さんはどちらにお出掛けに？　そこで何を？　何故そんなことを？　お子さんを探しに出掛けたのは何時でしたか？　一緒に行った人が？　何処で見つけましたか？　どうやって見つけましたか？　あなたかお子さんに恨みを抱いている人物に心当たりは？　いるなら理由は？　いなくても理由は？　どうやって？　誰が？　何処で？　何を？　いつ？　今度はこの女性が――警察よりは感じがよかったが――今度はこの女性が、彼女自身が訊きたいことを訊いてきた。改めて全く同じ質問を、違う言葉で、そして、言うなればもっと親密な調子で……。

　コルビー氏はすぐ真上にある部屋のことを考えた。我が身を掻き抱《いだ》き、虚ろな目でダブルベッドに横たわる、コルビー夫人がいる寝室のことを。

　コルビー氏は立ち上がった。椅子の脚が床を擦り、耳障りな音を立てる。氏は言った。

「申し訳ないね、お嬢さん。質問はもう終わりにしてくれ。私はもう――これで――」コルビー氏ははたと口を噤んだ。くずおれるように椅子にどさりと腰を下ろし、組み合わせた手が膝の間で絞られる。その目は床を見詰めている。

　フィンチ女史は手帳をぴしゃりと閉じ、ゴムバンドを掛けた。女史が立ち上がると、礼節をわきまえたコルビー氏も釣られて立ち上がった。氏の元に、食卓の向う側からフィンチ女史が一散に駆け寄ってきた。「私はきっと」女史は言った。「よりにもよってこんな日にあなたを苦しませる、ひどい人間ですわね、コルビーさん。でも、どうかわかっていただきたいんです。私のことを人の心を踏みにじる迷惑な人間だとお思いでしょうけど、私がやっていることは何かあなたのお役に立つかもしれないんです。今はとてもそうは思えないでしょうけど。でも、そうなんです。昨今の新聞は物事にいわゆる公共の光というものを投げかけることで、当局の手助けをしているのですわ。その――ええと――事件を起こした化け物を見つける――」

「ああ、お願いですから！」殴られまいと身を守るような仕草で、コルビー氏は片手を突き出した。

フィンチ女史ははっとして両手の指を絡ませると、それをきゅっと握りしめた。「お気の毒な方！」

コルビー氏は手を引っ込めた。フィンチ女史を通すために扉が開けられた。女史は玄関で足を止めてずんぐりとした傘を回収すると、武器のように小脇に抱え込んだ。女史は言った。

「あなたでも奥様でも、何か私にお手伝い出来ることがありましたら――私自身に出来ることに限られますけど、その、コルビーさん――是非ご連絡くださいね。……二階に行って、少しの間、奥様の傍についていても構いませんか？　本当に少しの間ですけれど、私も忙しいので……」

コルビー氏は無言で首を振った。玄関の扉を開くと、上等なスーツに身を包んだフィンチ女史の背中を送り出し、すぐさま扉を閉める。ふらふらと食堂に戻った氏は、再び椅子に腰を下ろして溜息をつき、喉が痛むほど強く唾を飲み込み、両手で顔を覆った。

二

「その者たちは」サー・モンタギュー・フラッシングは従僕に尋ねた。「私に直接会わせろと言っているのだね？」

　スペンダーは物々しく一礼した。「左様でございます」

「それで、その者たちを通したんだな……？」と、サー・モンタギュー。

「図書室に通してございます」

　サー・モンタギューは口をすぼめて溜まった息を吐くと、顔をしかめた。絨毯の上をそわそわと歩き回る。しばらくしてから、半ば独り言のような呟きを漏らした。

「まったく、新聞屋というものは社会の迷惑だな！」

「旦那様はご多忙でお会いにならないとお伝えしましょうか？」

「いいや」と、サー・モンタギュー。「いいや、それには及ばない。何処の新聞社と言った？」

「連――ええ――紳士方のひとりは」スペンダーが答える。「イヴニング・マーキュリー紙の代理と伺っております。もう一方《ひとかた》はワイア紙です」

「そうか、そうか」サー・モンタギューは言った。

（十一月二十四日土曜日付、イヴニング・マーキュリー紙より抜粋）

ホームデイル殺人事件

うんぬん、かんぬん

（本誌特派員の報告）

ホームデイル、土曜日

昨夜十時、閑静な田園都市ホームデイルの車道で、男子生徒が遺体で発見された殺人事件の謎が混迷を深めている。警察が直面している問題は小さくない。少年——ホームデイル、ザ・キープ四番地在住、ライオネル・フレデリック・コルビー——は、トランピントン・ホールで開かれる少年団の集会に顔を出すため、午後七時半に家を出た。外出時のライオネル少年は元気な様子で、集会には八時二十五分前に到着している。少年はここでいつも通りに夜を過ごし、昨夜行われたボクシングの対抗戦で目を見張る大活躍を見せた。集会が終わった九時二十分に、他の団員たちと一緒にホールを後にしている。自宅——ザ・キープはヒースコート・ライズの脇道を行き、ホールから五、六分の距離——に帰る途中で、ライオネルが運動靴とセーターを忘れたことに気付いたと、友人ふたりが警察の聴取で証言している。友人たちは、もうホールは閉まっているからと言って、戻ろうとするライオネル少年を止めた。それに対し、明日洗濯出来るようセーターを忘れずに持ち帰ると母親に約束していると、意志強固なるライオネル少年は答えている。友人のひとりで、ホームデイル、ロッカーズ・アヴェニュー二十八番地に住むチャールズ・コバーン（十三歳）の証言によると、ライオネルは窓からよじ登れば中に入れるだろうと言っていたという。ライオネルは九時二十五分頃にヒースコート・ライズの真ん中で、コバーンらと別れた。十時十五分過ぎに、少年の父親であるコルビー氏が、客人（ハーヴィー氏）と共にライオネルを探しに出掛けている。トランピントン・ホールに向かったふたりはヒースコート・ライズの途中で――街灯の傍に――身の毛のよだつ光景を目撃したのである。

警察の見解

以前の版で報じたように、ライオネル・コルビーの死因は非常に鋭利な刃物、おそらくは長いナイフによる外傷と思われる。腹部を上から下まで切り裂かれている。即死だったに違いない。事件があった夜はひどい霜が降りていて、足跡のような痕跡を見つけることは不可能だった。しかし、発見現場の血痕などから、殺害も同じ場所で行われたものと警察は確信している。

当然、ヒースコート・ライズ沿いの住人に事情聴取が行われたが、怪しい物音を聞いたという証言は得られなかった。ホームデイルとリーウッド地区の警察医であるF・W・ビリントン博士は昨夜十一時半に遺体の検死を行った。ビリントン博士は死後経過時間を二時間以内と推定。ライオネルは体育館に戻ったが、窓が全部閉まっていたため、靴とセーターを取りに行けず、その帰り道で襲われたものと警察は見ている。これほど残虐な犯行に動機がないことで、警察は頭を抱えている。

コルビー夫妻は知人からの評判がすこぶるよく、敵もいない。ライオネルも誰からも好かれる少年だった。学校で敵対している者はおらず、所属している地元の少年団とホームデイル少年海洋団の人気者でもあった。目下、警察はこの事件を異常者か殺人狂による犯行と見ている。警察はいくつかの手掛かりに関し、捜査を進めている。

ライオネルの母であるコルビー夫人は事件のショックで打ち拉《ひし》がれているが、記者は父親のコルビー氏から話を聞くことに成功した。氏は言葉少なではあったが、たったひとりの我が子を奪い去った卑劣漢が逮捕されるところを見る、その一心で今は生きていると語ってくれた。

ホームデイルの重大なる懸念

ホームデイル田園都市株式会社の高名なる代表取締役にして大英帝国二等勲爵士、サー・モンタギュー・フラッシングは今日の会見で、この度の悲劇に際し、筆舌に尽くしがたいショックを受けていると語った。

「我々が幸せに暮らしているこの小さな街で、このような事件が起きるとは全く想像だにしなかったことだ！」

また、サー・モンタギューはロンドンの新聞社を通じて以下の声明が十二分に周知されることを望んでいる。「ホームデイルの住民のみならず、全イングランドの母親と父親が安心出来るよう、この悪逆非道なる下手人を突き止め、逮捕するために、ホームデイル田園都市株式会社（言うまでもなく、田園都市はこの会社に経営されている）は全力を挙げて関係機関に協力する所存である」

三

以上の記事が載ったのは、イヴニング・マーキュリー紙の午後遅くの版だった。同じような記事は他の夕刊紙にも掲載された。普段ならがらんとして人気《ひとけ》のなくなる土曜の午後だというのに、新聞輸送列車が到着する時刻になると、駅には平日午後六時半の列車から降りてくる乗客の三倍にも上る人が押し寄せた。売店に入荷した新聞は、四分も経たずに売り切れた。

今のホームデイルはたったひとつの話題で持ちきりだった。ホームデイルはこの惨劇に当然の恐怖を表わし、同情した。このような事態を受け、自分が犯罪者を警察の倍の早さで捕まえられるかもしれないと、ホームデイルの住人の三人に一人が悦に入っていたのは当然の帰結である。こう言うと非難を受けるだろうが、ホームデイルは浮かれてもいた。ホームデイルの名が公然のものとなるのはよくあることではない。ホームデイルは「都心《まち》に戻」り、「ねえ、男の子が殺された街の人でしょう?」と興味津々の人々に囲まれる月曜日の朝を待ち侘びていた。

要するに、ホームデイルに何かが起きたのだ。ホームデイルはニュースの街だった。ホームデイルは新聞の一面を飾る街だった。

だが、夕方の配達に出ている郵便配達員の郵袋に、自社の記者の首で購えるものならば誰のものでも惜しくはないとロンドンの新聞社に思わせる三通の手紙が入っていることを、ホームデイルは知らない。一通目の手紙はホスピスに配達された。二通目はヒースコート・ライズにあるホームデイル警察署、通称ホワイト・コテージに、三通目はクレイピッツ・ロードのクラリオン編集部に。手紙はその順番で——配達順路もそうなっていた——配達され、その順番で読まれた。
夕方配達された郵便物に目を通していたサー・モンタギューの目の前に、黄色いリンネル紙の封筒が忽然と現れた。どういう用件で来た手紙なのか一度考えてから開封するサー・モンタギューは、この手紙も両手の指に挟み、裏表とひっくり返してみた。知らない素材の封筒だ。右下がりの書体も心当たりがない。やけに艶めいた黒いインクもだ。サー・モンタギューは糊付けされた封筒の垂れ蓋に象牙のペーパーナイフを差し込んだ……。
ふと気付くと、サー・モンタギューはぎょっとして目を見開き、封筒と共紙で仕立てられた一枚の便箋をまじまじと見詰めていた。封筒の宛書と同じインク、同じ書体だが少し大きい文字で、便箋にはこうしたためられていた。

第一の死者のご案内

安らかに眠られたし

ライオネル・フレデリック・コルビー

十一月二十三日、金曜日に死去……

ザ・ブッチャー

第三章

州警察本部長はデイヴィス警部補を見ると、その視線を机上に戻した。インク吸い取り紙の綴りの上には、中央に艶のある漆黒のインクで数行の文字がしたためられた三枚の四つ折り紙が横一列に並べられている。

本部長は咳払いをし、椅子の上で落ち着かなく体を動かした。

「どう思う、デイヴィス？」本部長は尋ねた。「悪ふざけかな？」

デイヴィス警部補は肩をすくめた。「そうかもしれませんし、そうでないかもしれません。この手のものは判別しがたいので」

本部長が机に拳を叩きつけると、その衝撃でマホガニーの台に載った硝子のインク壜がカタカタ鳴った。

「しかしだ、クソッ、もしもこれが悪ふざけでないとしたら、これは……」

「仰る通りです」警部補の口調と態度に変化はない。冷徹な青い瞳が、困惑で眉根を寄せた上司の視線と出合った。

本部長は中央の紙を取ると、その文面を今一度声に出して読んだ。おそらく、同じことを今朝から二十回は繰り返している。

「第一の死者のご案内
安らかに眠られたし
ライオネル・フレデリック・コルビー
十一月二十三日、金曜日に死去……
ザ・ブッチャー」

「まったく！」本部長は吐き捨てた。「いつも思っていたが、田園都市というところはやはりいけ好かん！」

デイヴィス警部補は肩をすくめた。「今までは穏やかで平和な街でした」

「だが、今は違う」本部長は言った。「それはともかく、仕事に取り掛からねば。この紙について、調べは付けてあるのだろうね」

デイヴィスは頷いた。「バシリカ・リネン・バンクと呼ばれるものです。ちゃんとした文具店であれば、何処ででも購入出来ます。値が張るもので、黄色はクリスマスのギフトボックス用にしか生産されません。クリスマスの飾り付けが始まった三週間ほど前から、黄色系のギフトボックスは膨大な量が出回っておりまして、その線からは調べようがありません」

本部長は片手を挙げた。「待ってくれ、デイヴィス、待ってくれ。この紙はホームデイルで売られているのか？　何というところで？」

「マーケットです」デイヴィスが答える。「はい、売られています。しかし、黄色系は扱っておりません。ですから、この紙はホームデイル以外で購入されたものです」

　本部長は頭を掻いた。「消印は？」と、期待せずに尋ねる。

「午前十時半のホームデイルです」

「では、手紙は犯行後の朝にこの街で投函され、同日の夕方に配達されたんだな？」

「はい」デイヴィス警部補が答える。「その通りです」

「そして」本部長が続ける。「誰がこの少年を殺したのかを突き止めるのは、我々には雲を掴むような話なんだな？」

　デイヴィス警部補は頷いた。「はい。そして現状では、その雲が犯人ということになりそうです」

「雲なんぞに逮捕状は出せんぞ」本部長は机に肘を突くと、両手で顔を覆った。少ししてからこう言った。

「ああクソ、デイヴィス、呑気に軽口を叩いている場合か」

「わかっております」

　本部長はもう一度、インク壜がカタカタ音を立てるほど強く拳を机に叩きつけた。「何とかして、手を打たんと」

「仰る通りです」と、デイヴィス。

「警察は今、何をやっている？」

デイヴィスの顔に初めて狼狽の色が表れた。足を擦り合わせ、咳払いをする。

「無論」デイヴィスが答える。「細心の注意を払って捜査を進めているところであります……」

本部長は爆発した。「いい加減にしろ！　もっとましな話を聞かせられんのか？」

ばつの悪そうな笑みがデイヴィス警部補の顔にうっすらと浮かんだ。「他に申し上げることはありません……。少年の命を不当に欲する理由が少しでもある者が見つかれば……」

「わかった」本部長はうんざりした声を出した。「わかった。私から言うことはもう何もないよ、デイヴィス。そのまま最善を尽くしてくれ。そして頼むから、この地方一帯が災いに見舞われる前に、誰かの腕に手錠を掛けてくれ」

「承知しました」デイヴィスは答えた。

電話が鳴り、本部長が受話器をひったくった。

「誰だ？　……ああ、ジェフソンか。……何？　……うん。……続けろ、うん。……何処だ？　何時に？　……何だと！　わかった、送ろう。……うん？　何だそれは？　……もう一回読み上げてくれ。ゆっくり頼む、書き留めるから」本部長は鉛筆を取り、吸い取り紙に電話の内容を走り書きした。自分が書いたものを目で読み、受話器の向こうとの会話に戻る。「わかった、了解した」その声からは驚きが消えており、代わりに疲労感と、その下に隠れた恐怖のようなものが窺えた。本部長は再び喋り始めた。「ああ……。ああ……。そうと考えるべきだな。まあ、出来るだけ早くやろう。電話を切ってくれるか。そのままそこにいてくれ、三十分以内にまた電話する」受話器を戻すと、ぼんやりとした様子で電話機を持ち上げ、机の端に置いた。本部長の視線が長い間デイヴィスに注がれ、意味深な沈黙に耐えきれなくなったデイヴィスは口を開いた。

「何事ですか？」

「今のは」と、本部長。「ジェフソンだ。ジェフソンを知っているだろう。地元の者か？」

「はい」と、デイヴィス。

「ジェフソンが」本部長はゆっくりと言った。「電話で伝えてきたんだが、今朝九時十五分にウォルターズというホームデイルの牛乳配達人が道路の突き当たりに小さな車が――ベビー・オースティンだ――停まっているのを見たそうだ。普段なら気にも留めないところだが、通りすがりに配達車から車内が見え、最初は古着の山が積まれていると思ったらしい。彼はそれ以上は考えなかった――少しの間は」本部長の口調がどんどんゆっくりになっていく。「だがね、デイヴィス、帰りにまたベビー・オースティンの横を通った時、彼はもう一度車内を覗いたんだ……。そして、古着の山だと思ったものは、新しい服だった……中に何かが包まれている、ね。その何かは、デイヴィス、若い女性だった――パメラ・リチャーズという女性だ……」本部長は深く息を吸い込んだ。

「パメラ・リチャーズは」本部長は言った。「死んでいた。パメラ・リチャーズはライオネル・コルビーと同じやり口で殺されていたのだ……」

きっちりと蠟で固められた口髭の下で、デイヴィスの唇がきゅっとすぼめられた。微かな口笛が漏れた。

本部長は頷いた。「正にそんな感じだよ、デイヴィス。それに、それだけじゃない」本部長は上体を前に起こすと、ペン軸の尻で警部補を指した。「いいか、デイヴィス」と、本部長。「その上、このウォルターズという牛乳配達員が死体を発見したほぼ同時刻に、三通の手紙が――ここにあるのと同じようなものが」――本部長は吸い取り紙の上に並べた三枚の黄色い便箋の内、中央の一枚をとんとんと叩いた――「フラッシング、ジェフソン、ホームデイル・クラリオンの編集者の三人に読まれていた――手紙に消印はなかったから、夜の内に犯人手ずから配達したことになる」

「先ほど吸い取り紙に書き留めていたのがその手紙ですか?」デイヴィスは座ったまま身を乗り出した。

「そうだ」本部長は答えた。「読んでやろう。『第二の死者のご案内、安らかに眠られたし、パメラ・リチャーズ。十一月二十五日、日曜日に死去』。そして、署名が……」

「ザ・ブッチャーと」デイヴィスが後を引き取った。

二

「何だ? 何だ?」パーシー・ゴドリーが言った。「これは何だ? これは何だ?」

ホームデイル・クラリオンの赤い腕章を着けた少年は、抱えた新聞の束をずいと突き出した。

「特報だよ。特報の号外だ。ブッチャー特集だよ」と、少年は新聞売り用の鼻にかかった高い声を出し、次いで、「たまげますよ、旦那。ひでぇ話でさあ」と、地の声で言った。
「知ったことか」パーシー・ゴドリーは答えた。
彼は六ペンス硬貨を少年の手に押しつけ、手振りで釣り銭を断ると、新聞を一部ひったくるように取った。マーケットの窓の隅にもたれ、購入したものに目を通す。見詰める先には立て幅二インチにも渡る大見出しが躍っている。

ブッチャーは何者？
恐慌のホームデイル
第二のデュッセルドルフに？
ブッチャーから届いた第二の手紙

若い世代の牽引者　殺害さる

殺人の裏にあるものは？

編集部、クレイピッツロード
今朝九時十五分、有限会社ホームデイル・マーケット勤務の牛乳配達員、リチャード・ヘンリー・アーサー・ウォルターズが、マローボーン・レーンからニュー・アプローチへ至る配達順路を巡回中に、アプローチ入口に設けられた半円形の車回しに乗り捨てられたかのように停まっている一台の車――「ベビー」タイプと呼ばれる小型車――を目撃した。通りすがりにウォルターズの注意を引いた、車の前部座席に積まれた奇妙な布の塊らしきものは、帰り道に再び車を通り過ぎようとした時にも彼の気を引いた。どうにも気に掛かったウォルターズは、馬を止めて牛乳配達車を降り、様子を見に行った。

切り裂かれた遺体

驚きと恐怖に打たれたウォルターズが目にしていたのは「布の塊」などではなく、ホームデイル「最上流階級」社交界に咲いた若く美しき花――トール・エルムズ・ロード、〈サンビュー〉荘のアーサー・リチャーズ夫妻の息女、パメラ・リチャーズ嬢の遺体だった。リチャーズ嬢が死んでいるだけでなく、死後かなりの時間が経過していることにもウォルターズはすぐに気がついた。リチャーズ嬢を死に至らしめた傷はライオネル・コルビー少年の死因となった傷とほぼ一致。残念なことに、少年の母親は心労からくる脳炎で危険な状態にあることがクラリオン紙の取材でわかっている。

警察の捜査状況

リチャーズ嬢の死亡状況を調査した結果、以下の事実がわかった。

（一）警察医のビリントン博士の所見では、ウォルターズによるリチャーズ嬢の遺体発見時には、少なくとも死後八時間が経過していた。

（二）前夜、リチャーズ嬢はトール・エルムズ・ロードのルドルフ・シャープ夫人宅を訪れており、ブリッジ・パーティが終わった深夜十二時に邸を辞している。

（三）その際、ルドルフ・シャープ夫人の頼みで、リチャーズ嬢は自分が帰宅する前に、車を持っていない、あるいは車で来なかった客を自宅に送り届けている。

（四）現在判明している、生きているリチャーズ嬢を最後に見た人物は、彼女が最後に自宅へ送っていったシャープ夫人の客――オーク・ツリー・グローヴ五番地のヘンリー・ウォーバートン氏。

（五）リチャーズ嬢は前日に婚約を破棄している。

（六）前夜から明けて十二時十分にウォーバートン氏とその家族にお休みを言うまで、リチャーズ嬢は終始朗らかで、その後我が身に降りかかる災いを予期している様子は全く見られなかった。

（七）両親、親友、知人らの証言によると、リチャーズ嬢には敵と呼べる存在は全くいなかった。

元婚約者

噂では、リチャーズ嬢の元婚約者はホームデイルの著名人だが、婚約は個人的な決断というより、双方の合意の元で解消されたという。

事件に対する警察の見解

今朝行われた小紙特派員記者による、リチャーズ事件とコルビー事件の捜査を担当している州警察のデイヴィス警部補への長い取材で、「ザ・ブッチャー」という署名でリチャーズ嬢の死に言及した三通の手紙が朝の内に届けられていたことがわかった。第二の死者という表記、名前――リチャーズ嬢――日付こそ違えど、他の点ではこの手紙はライオネル・コルビーの死後に届いたものと全く同じものだという。デイヴィス警部補は小紙特派員に対し、率直に語ってくれた。動機がはっきりしないこのような殺人事件では、ひとつないし複数の動機が明らかになっている事件に比べ、初動を緩やかに行う必要があると警部補は指摘する。警部補による事件の発生過程に対する見解は以下の通り。

リチャーズ嬢は――ウォーバートン氏を家に送り届けた後で――ハイ・コリングス、マローボーン・レーンから近道でニュー・アプローチを通り、トール・エルムズ・ロードの自宅に帰ろうとしていた。警察の見解では、リチャーズ嬢はニュー・アプローチの角（今朝、車が発見された場所）で声を掛けられて車を停めたところを殺人犯に――時間や道を尋ねるという口実で車内に身を乗り出されて――襲われ、即座に命を奪われた後、ライオネル・コルビーと同じ残忍なやり方で切り裂かれたはずである。即死であったため、痛みを感じる間もなく天に召されたのは慰めといえるだろう。

デイヴィス警部補の話によると、犯行推定時刻にニュー・アプローチ周辺の住人は皆就寝していたことが警察の調べでわかっている。リチャーズ嬢が所有していたものと同型の小型車はあまり音を立てないため、ニュー・アプローチ周辺の住人でエンジン音を聞いた者はいない。また、ニュー・アプローチには街灯が設置されておらず、卑劣な犯行を終えた殺人犯がその場から音もなく離れるという冷静かつ冷血な行動を妨げるものはなかった。

悲しみの遺族

パメラ・リチャーズ嬢の母、リチャーズ夫人が、娘との早過ぎる別れで引き起こされた激しい心痛により、重篤な状態に陥っているという痛ましい事実が、クラリオン紙の取材でわかった。リチャーズ氏も同様に精神的に参っているという。犠牲となった人々はもちろんのこと、愛する者たちを突然に、そして、言ってみれば悪魔的な力によって、残虐な方法で気付く間もなくさらわれてしまった人々を思うと、実に惨たらしい事件である。

パーシー・ゴドリー氏は肉垂《にくだれ》のように弛んだ顎が少し白むほど歯を食いしばると、固く丸めたクラリオン特報版を憎々しげに排水溝へと投げ込み、窓にもたれていた背を起こして、少々危うい足取りで立ち去った。緑色に塗られたマーケット正面の長い壁に沿って歩いていく。ホームデイル唯一の商店であるここは、毎朝のこの時間帯はホームデイルの社交場となる。

ゴドリー氏の行く手に、ひとりの男が割り込んできた。男はこう話しかけてきた。

「よう、ゴドリー。なあ、ゴドリー、気の毒でしょうがねえや。おっそろしい事件だよな！」

ゴドリー氏は聞いていないようだ。一歩脇に逸れると、見開いた目でしっかりと前を見て進んでいく。マーケットの向こう端で、ゴドリー氏は若い主婦たちの井戸端会議にぶつかった。歩道に陣取って髪を綺麗に整えた頭を忙しく動かしながら、一度は話題に上った話に飽きもせず、かしましいお喋りに興じている。その中で一番年若い女性が輪を離れると、ゴドリー氏の腕を掴もうとでもいうのか、手を伸ばしながら氏を追いかけてきた。氏は虚ろな目つきで相変わらず前方を見据えたまま、女性の手が届く寸前でさっと腕を引っ込めると、歩調を乱さずにずんずんと突き進んでいった。

年若い主婦は氏の背をじっと見送った。「あら、まあ！」と言って、仲間のところに戻っていく。ホームデイルの居酒屋、〈ほったて木屋《ごや》〉亭の角を曲がって見えなくなるまで、奥方連中は頭ごと動かしながら視線でゴドリー氏の姿を追いかけた。

「可哀想なパーシー！」一番年下の主婦が言った。「あなたたちが何と言おうと、パムが婚約を解消した時に、パーシーはひどく傷ついたと私は思うのよ！」

「可哀想なパーシー！」二番目に若い主婦が憤然と言った。「パ、パ、パーシーは確かに可哀想！　でも、本当に可哀想なのはパメラだわ！　なんて気の毒なパム！」

「ねえ！」誰かが声を上げた。その気色に、皆の頭が一斉にそちらを振り向き、お喋りな口がぴたりと動きを止めた。「ねえ！　誰か考えた人はいる？　私も今気付いたところなんだけど。最初にあの男の子が――あんなひどいことをされて――それからパメラ。ふたりは死んだのよ！　わかってる？　ふたりは殺さ、い、されたの！　ふたりは……ふたりは……。人でなしの所業がこの辺りで横行しているのよ……」彼女は口を噤み、息をついた。目はかっと見開かれ、白い歯が下唇を噛んでいる。その口から突然、笑い声めいた音が飛びだしたが、愉快そうな響きはなかった。

一番年若の主婦が指で耳を塞いだ。「もう、やめてよ！」

赤い腕章を着けた少年が一同の方へ駆け寄ってきた。二十ヤードほど手前に来たところで、新聞売りの口上が上がり始めた。「特報！　特報！　号外だよ！　クラリオンの特報だ！　ブッチャー特集だよ！」

「まあぞっとすること！」最年長の主婦が財布の中を探る。「お願いするわ、坊や。一部ちょうだいな。おいくらかしら？」

「二ペンスですよ」少年が答えた。

残りは六部しかないらしい。最年少の者が購入を譲った。クラリオン紙は今日の特報版と異例の連日発行で、売り上げを二倍どころか三倍に伸ばし、一週間の発行部数の記録を更新した。ホームデイルの興奮は弥《いや》が上にも高まってゆく。しかし、四十八時間前には事件に沸き立っていたホームデイルは、このまま呑気に騒いでいていいものか、段々わからなくなってきていた。

三

ホームデイル劇場はブロード・ウォークにある。そこから柵で区切られた薔薇の木々が植わる芝生を挟み、白く広い車道を隔てた向かいに、ホームデイル田園都市株式会社の赤煉瓦造りの社屋は建っている。

十一月二十六日、月曜日の九時――パメラ・リチャーズの遺体が発見された夜、社の役員室ではサー・モンタギュー・フラッシングに招集された、取締役を始めとした面々が臨時会議を開いていた。

役員室の長机を囲んでいるのは十九名。サー・モンタギュー、ホームデイル株式会社の本社取締役六名、関連会社や従属会社の取締役八名。それから、ホームデイルの驚くほど有能な消防隊を率いる、名誉職ながら今なお現役の隊長、ロバート・ウィムズ・ジョン少佐。爵位ある家の令息で、ホームデイルの開発用地の半分を領有するベイフォード卿の個人秘書、ロナルド・ヘザーストーン氏。州特別志願警察隊のホームデイル分隊長、グレイリング大佐。記者代表、フィンチ女史。議事進行の記録のため、サー・モンタギューの個人秘書、アーサー・スティールも同席していた。

七時半に始まった会議は、一時間半が過ぎた今、終わろうとしていた。会議中、喋りに喋ったサー・モンタギューだったが、今回だけは、長机に集まった者たちが今日まで真の男が持つ資質のひとつと考えていた尊大さは鳴りを潜めていた。サー・モンタギューは言った。

「……では、諸君、満場一致で以下の結論に達したということでよろしいな。明晩までに警察がこの――この悪魔を捕らえていない限り、我々は今まで検討してきた措置を明日から取る……。記録は済んでいるか、スティール？　……ありがとう。……齟齬のないよう、内容を繰り返させてもらおう。ひとつ、グレイリング大佐は当局からの許可を得て、巡回要員として採用される正規の巡査に加え、ひとりないしふたり以上の特別巡査から成るパトロール隊を全ての道路に配備する。ふたつ、ジョン隊長は消防隊から有志を募り、パトロール隊に応援を派遣する。三つ、君、ヘザーストーン氏がベイフォード卿の許可を得られるようであれば、猟場管理人など、野外の仕事に従事している使用人に街の出入り口をパトロールさせ、日没後に街に出入りする者を尋問する体制を整える。四つ、フィンチ嬢は明日ホームデイル・クラリオンの特別版を発行し、犯――いや、殺人者の逮捕に繋がる情報の提供者にはホームデイル株式会社から千ポンドの報奨金が出ることを大々的に告知する。以上、異議はないね？」

威風辺りを払い、自己を恃みとしてやまないサー・モンタギューは、何処となく萎れ、そして間違いなく弱気の差した面持ちで長机を囲む面々を見回した。心配そうに突き出した顔に悲愴感と言えないこともない色を湛え、自分の判断に確信が持てずにいる蒼白い相貌は痛ましくさえあるが、見る者に畏敬の念を抱かせる直向《ひたむ》きな表情を浮かべている。同意の声があちこちから小さく聞こえてきた。

「私の方はご心配なく」ヘザーストーン青年から元気のよい声が上がった。「ベイフォードはいくらでも人手を貸してくれますよ。駄目だと言っても、私の独断で行かせますから」

「お昼前に緊急版を出せるよう頑張りますわ、サー・モンタギュー」フィンチ女史はそう言って立ち上がると、椅子の下に置いた晴雨兼用の傘に手を伸ばした。

「許可はもちろん、特別巡査をごっそりいただいていきますよ」グレイリングが唸り声で応えた。

「ありがとう、ありがとう」フラッシングはそう言って、「では、諸君、遅くまで引き留めて済まなかった」と、自分の時計を見た。「夕食には遅過ぎる時間になってしまったな……」

分厚い絨毯の上で椅子を引く音があちこちから上がり、コートを着ながらぼそぼそと交わされる男たちの話し声で室内がにわかに騒がしくなった。

廊下に通じる役員室の両開き戸をスティールが開け放った。三十八本の足が靴音高く玄関ホールを歩いていき、正面玄関と舗道に降りていく階段に出た。チップを期待して、門衛が扉を開ける。流れ込んできた冷気が顔を撫で、先頭の者たちが小さく身震いをした。夜の闇は深かったが、月のない漆黒の空に星が輝いている。足下は霜で覆われ、北東の方角から冷たい風が吹いてくる。玄関ホールの光が小さな集団の背で幾筋にも砕けて闇の中に溢れ、突き刺さるように指を染める。二十五ヤード直進した先では、劇場正面を飾る赤と黄色の看板が陽気なウィンクを繰り返し、柱廊《ポルティコ》玄関の硝子戸が長方形の黄色い光を注いでいた。

ヘザーストーン青年はマフラーをきつく巻き、アルスター外套の襟を立てた。彼は横にいるグレイリングに話しかけた。

「向かいを見てくださいよ、楽しそうじゃありませんか。まるで、事件のことなんて自分たちには関係な――おや、何かあったのか?」呑気そうに喋っていた青年が唐突に発した緊迫した驚愕の声に、十数個の瞳が青年の手が指し示す方向にはっとして視線を注いだ。向かいのポルティコから、劇場の緑、金、緋色の制服に身を包んだ男が飛び出してきた。無帽で、見たところ、ひどく取り乱しているらしい。男は舗道に出てくるとホイッスルを唇に当て、甲高い音を冴えた夜気に響かせた。

「何事だろう！」言うが早いか、ヘザーストーンは車道を四歩で横切り、あっという間にその場からいなくなった。柵の手すりに手をかけて一飛びで乗り越え、芝生に着地すると、他の者たちが一フィートも動かぬ内にホイッスルを吹き鳴らす男の横に到着した。道路と芝生を横切って追いかけてきた先頭の者たちの目の前で、青年は身振り手振りを交えて案内係と慌ただしく言葉を交わすと、ポルティコの中へと駆け込んでいく。案内係が急に右手に体を振り向け、大股でばたばたと走り去った。

ヘザーストーンの次に劇場に辿り着いたのはグレイリングだった。ヘザーストーンが通り抜けた余韻でまだ揺れている重厚な自在戸を押し開ける。エントランスは蒼褪めた顔で呆然と佇む人々でいっぱいだった。グレイリングはその中からひとりの顔に――周りと比べても蒼褪め方がひどいが、劇場の女性従業員の印である緑のモールの制帽を載せた顔に目星を付けた。六十五歳とはいえ、グレイリングは自分が欲しいものと、それを手に入れる方法を知っている。膨らんでいく一方の人混みから娘を引っ張り出すと、グレイリングは鼻先で大声を轟かせた。

「場所は？　何があった？」

娘は浅い呼吸で何事かを呟きながら、方向を指し示した。グレイリングは娘の腕をぱっと離した。グレイリングが駆け出した右手には、桟敷席とバルコニー席に続く階段を囲むアーチがある。年齢と体重をものともせず、二段飛ばしで階段を駆け上り、ティー・ラウンジとチョコレート・カウンターのあるエントランスの二階に到達した。ヘザーストーンの長身がチョコレート・カウンターに手を突いてもたれかかり、裏側を覗き込んでいる。横に来たグレイリングに気付くと、青年は指を差した。

「見てください！」

　がらんとしたカウンターの裏側と棚との間は半円形の空間になっており、絨毯を敷いていない床の上にはけばけばしい砂糖菓子の箱と一緒に、立っていられずにくずおれた等身大の人形のような姿で若い女性が倒れていた。床に押し当てられた顔と、体の下敷きになって潰れている両腕。両脚は生者にはあり得ない形で見苦しく広がっている……。

　そして背中には、彼女の華奢な肩と腰の間には、正方形の黄色い紙が置かれていた。

　紙の上には、グレイリングの瞳を見上げてくる、黒いインクで記された三つの語句が。

謹呈、ザ・ブッチャーより

第四章

ロンドン警視庁犯罪捜査課《スコットランドヤード》、アーノルド・パイク警視は直属の上司にこう答えた。

「承知しました。しかし、そうすると、ブランドン事件を離れることになりますが？」

ルーカスは肩をすくめた。「その通りだ。だが、ブロクスバーンが担当を引き継ぐ。あの事件は誰に任せてもいいが、このホームデイル事件は誰でもいいというわけにはいかないんだよ、パイク」

「私の意見を申し上げますと」パイクは渋い笑みを浮かべて言った。「ホームデイル事件は解決出来る事件ではないかもしれません！」

「はは、馬鹿なことを！」ルーカスは一笑した。「適当な者を二、三人連れて、早急に向かってくれ。昼食時には到着しているように」

パイクは溜息をついた。「承知しました」

「そして頼むから」ルーカスが続ける。「異常者だか何だか知らないが、議会で槍玉に上げられる前に犯人を逮捕してくれ。地方警察が自分たちの手に負えなくなる前に、我々に応援を要請してくれれば、事は簡単なのだがな」

パイクは頷いた。「必ずやご期待に沿ってみせます！」戸口に向かおうとした足が、ぴたりと止まった。「ところで、副総監殿。ゲスリン大佐の話は何か聞いていませんか？　近況など？」

ルーカスはにっこり笑って首を振った。「いいや。脚のせいでまた三週間ベッドから離れられなくなるということだけだな」意味ありげな微笑みがパイクに向けられる。「どうしてだ？　もう助けが欲しくなったのか？」

パイクは笑った。「私はプライドが高い男ではありませんから。特にやることがないのなら、一緒に捜査に当たってくれないかと思ったんです」

「あの状態では無理だな」ルーカスはまた笑った。「それに、彼向きの事件ではないことは君もわかっているだろう。これは個人より組織の仕事だ。動機が見つからなければ――実際、動機がないとすれば、犯人は殺人狂の類いだ。犯人が何者であれ、一見ごく普通の、尊敬すべき市民を装った殺人狂を六千の市民の中から選び出す作業に推理は無用の長物だよ。物を言うのは有能な指揮官が統率する警察の人海戦術さ……。行ってこい、パイク。デュッセルドルフ事件（一九二九年にドイツで起きた連続殺人事件。本作の発表は一九三一年）の模範解答を世界に見せつけてやれ」

二

ホームデイル田園都市株式会社の社屋から警察に三部屋が提供された。ホームデイル到着初日の午後三時に、パイクはその内の一番大きい部屋で州警察本部長、州警察警部補のデイヴィスとファローとの話し合いに臨むことになった。初顔合せの場にはよそよそしい空気が流れた。スコットランド・ヤードへの応援要請は、本部長が部下の意見を聞き入れずに行ったものだ。部下たちがその判断を快く思っていないことは当然と言えよう。表向きは、スコットランド・ヤードを手助けし、指示に従う準備は出来ているという態度を取っている。その実、自分たちに任せてくれれば、そうするべきというのが彼らの言い分だが、もっと迅速に、かつ手際よく、非常に効率的に事件を解決してみせるのにというのが本心だった。

がっしりとした体格で赤ら顔の本部長は上座に着き、こんな状況でもにこやかに振る舞っていた。本部長の左には、私服姿のデイヴィス警部補とファロー警部補が背筋を伸ばして並び、微動だにせずに座っている。デイヴィスは長身で痩せており、瞳は薄青く、蠟で整えた口髭を蓄えている。険しい顔つきは無表情で、感情があったとしても、無表情の仮面の下に常に隠されていた。ファローは背が高くどっしりとしており、鍛えられた肩と刈り上げた頭が拳闘家のようだ。デイヴィスとは違い、ファローは心の動きが逐一顔に出る。今は不愉快さを隠しもせずにしかめ面を作っていた。熱を帯びた赤茶色の瞳は敵愾心を剝き出しにして、くつろいだ様子で差し向かいに座るパイク警視の身形《みなり》のよい姿を睨んでいる。

パイクは似たような状況に遭遇したことは一度ならず、何百とある。そして、自分なりの対処法を持っている。パイクは粗暴ではないし、愛想を振り撒く方でもない。ただ、非常に感じがよい。今もランタン型の浅黒い顔は、向かい側に座る三人に等しく微笑みかけていた。

三人は起きたこと、起きるかもしれないこと、それを防止するために取るべき対策について話して聞かせた。デイヴィスの口からは、コルビー事件の捜査は現時点でやれることは全てやり尽くし、底を叩いた状態だということが報告された。喧嘩腰のファローが言うには、パメラ・リチャーズ殺しも同様の状況にあるとのことだった。それから、話の主導権は本部長に渡り、ふたりの警部補の合いの手を挟みつつ、ホームデイル劇場のチョコレート・カウンターの売り子、エイミー・アダムス殺しの捜査を行っていることが伝えられた。一通り話を聞いたパイクは、地元警察が言及しなかった点をいくつか指摘した。

「このアダムスという娘さんですが……」パイクは言った。「彼女の事件にはもうひとつ、ふたつ、触れておくことがありますね。あなたたちもお気付きでしょうが、この事件は前のふたつとほぼ全ての点で違っています。第一に、前のふたりは腹部を切り裂かれて――ぞんざいに、と言いますかな――殺されていますが、エイミー・アダムスは狙い澄ましたとしか言いようのない一突きを腹部に受けて絶命しています。第二、第三、第四の点としては、ライオネル・コルビーとパメラ・リチャーズが深夜、明かりのない開けた場所で殺害されたのに対し、アダムスという娘さんは宵の内で、明かりと人目のある屋内での犯行だった。第五、前のふたりには遺体発見時に殺害者の――ええ、トレードマークはなく、エイミー・アダムスにはあった。第七、ライオネル・コルビーとパメラ・リチャーズは両親と少なくとも不自由のない暮らしをしていたが、アダムス家はかなり貧しく、職に就いておらず失業手当をもらっている父親と粗末な家で暮らしていた」

パイクは椅子に深々と座り直すと、きらきらとした茶色い瞳で本部長を見た。

本部長は思案顔で、目の前にあるインク吸い取り紙の綴りにペン先が歪むほどの力でペンを突き刺した。ほどなくして顔を上げた本部長の視線は、ふたりの部下に向けられた。「おまえたちは検討したのか?」

デイヴィスは頷いた。「無論です。全て気付いておりました」デイヴィスの口調は普段と変わらず、抑揚のない一本調子だったが、苦々しさでざらつき、皮肉を混ぜようとして失敗していた。「気付かないわけがありません。捜査したのも、その事実を見つけ出したのも、我々ですからね」

「私が聞いたのは」本部長は穏やかに尋ねた。「おまえたちはこの事実を検討したのか否かということだ」本部長の視線がファローに移された。

答えるファローは、デイヴィスのようにはパイクから目を反らすことは出来なかった。

「検討しました!」かっとしてファローは声を荒げた。「検討しましたとも!」そこで、不意に同席者の存在を思い出した。「失礼しました、もちろん、検討しております。しかし、もしも我々が七十二時間前からこのふざけ――事件のことを考えていない、真剣に考えていないと仰るのであれば、今まで我々が何をしてきたのか教えていただきたいものです」

「ああ、そうだな」本部長は態度を和らげ、「そうだ、全くその通りだ!」と言って、パイクを振り返った。「それで、そちらのご意見は、警視殿? この〝相違点〟が何を意味しているのか、あなたの意見をお聞かせ願えますか?」

パイクはかぶりを振った。大きな口にうっすらと笑みが浮かぶ。彼は言った。

「いえ、何も……。どういう意味かは、少し説明いたしましょう。私のやり方として、捜査の初期段階では何も考えません。そうした方が上手くいくとわかったんです。見解を持たず、事実のみを記録する機械に徹する――あるいは徹するよう努めるのです。何故、どうやって、何を、何か、そんなことはいちいち考えません。事件と関係があると思われるもの、思われないもの、そこに関係なく、ただ事実を収集するのです。そうして集めたものを、時間と労力をかけてじっくり調べていくと、不意に閃いて、考えの取っ掛かりが見つかることがあるのです……。おわかりいただけますか」

「人それぞれ《シャカン》」本部長はおよそフランス語らしくない発音で言った。「やり方があるもの《ア・ソン・グー》ですな。では、警視殿、コルビーおよびパメラ・リチャーズ殺しと、エイミー・アダムス殺しに見られる相違点に我々の注意を向けさせたことに、特に意味はなかったということでよろしいか？」

　パイクは本部長に微笑んでみせた。「その通りです。私が知る最も賢い人間がいつも言っているように、奇妙な物事を集めたら時には何処かに行き着くもので、それ以上の意味はありません」

　デイヴィス警部補が小さく咳払いをし、パイクが喋った後に続いた短い沈黙を破った。

「そろそろ、本題に入るべきではないでしょうか。つまり、これ以上の犠牲を出さないための対策を、本腰を入れて講じるべきでは……」

　ファローの唸り声が賛同した。「そうです！　そうですとも！　それに、この度し難き異常者を確実に逮捕するための方策もです」そう言って、ファローは同僚に向き直った。「この連続殺人を確実に終わらせる方法はひとつきりだぞ、デイヴィスよ。張本人を引っ捕らえるのさ」

「今のところ」パイクが穏やかに口を挟んだ。「どういった手を打っているのですか？」

顔を見合わせて喋っていたデイヴィスとファローは、突然割り込んできた邪魔者の方を振り返った。邪魔者は身じろぎひとつせずにふたりの視線を受け止める。ランタン型の顔はもはや微笑んではいなかったが、穏やかで、まるで子供のような表情を浮かべている。場の空気に緊張が走ったのを感じ取り、ずんぐりとした本部長の助け船が慌てて差し向けられた。本部長は急いで言った。

「我々が今行っていることですか？　お教えしますとも、警視殿」本部長は目の前にある吸い取り紙の綴りの横に積まれた書類に手を伸ばし、中からクリップでまとめられた数枚のフールスキャップ紙を取り出した。「現在行っている措置についてまとめてあります。掻い摘んで説明しますから、後はこちらをご覧ください」

「ありがとうございます」パイクは儀礼的な感謝を述べた。

本部長は咳払いをした。「まず、本日午後四時から、市内全ての幹線道路と準幹線道路で、州内の他地区から招集した正規の警官隊によるパトロールを行います。パトロールは二人一組で夜を徹して行い、夜明けの一時間後まで続けます。準幹線道路のパトロール隊には特別巡査の志願を募って補充要員とし、グレイリング大佐の指揮下で私の指示に従ってもらいます。他はホームデイル田園都市株式会社の管轄下に置き、私の指示があるまで待機させます。残りの特別巡査には袋小路や広場、高台、その他小さな通りを監視出来る場所に配置します。さらに、同じく本日午後五時より、特別に権限を与えた警備班（全員、明日には特別巡査に任命し、さらなる権限を与えます）をホームデイルの出入り口となる全ての道路に配置します。彼らはですね、警視殿、ベイフォード卿の計らいで配備される者たちなのです。何か発見したり、応援が必要な場合に備え、複雑な信号法を用意してあります。計画の詳細はこちらの資料をご覧ください。それから、殺人犯の逮捕に結びつく情報の提供者には、ホームデイル田園都市株式会社から一万ポンドの報奨金が支払われます……。どうかしましたか、警視殿？」

パイクは首を振った。「いいえ、大したことではありません。本部長殿はこれからご苦労されるだろうと思いまして。こういった懸賞広告制度に頼っていいものかどうか」

「そうは仰いますが」と、本部長。「ホームデイル株式会社が報奨金を出すのも、ホームデイル・クラリオン紙に報奨金の告知が載るのも、止められなかったのです。それにですね、警視殿、私は報奨金がそんなにまずいやり方だとは思っていませんよ」

パイクは肩をすくめた。「いいえ、本部長殿の仰る通りでしょう！」

「私の意見ですが」本部長はフールスキャップ紙を折り畳み、テーブルの向かいに座るパイクに手渡した。「ブッチャーと自称するこの異常者が捕まりもせずに次の獲物を狙うのはちょっと無理でしょう。ええ、どうですかな？　そう思いませんか？」

パイクの大きな口が再びうっすらとした笑みを形作った。懐疑的な笑みであって、嘲笑の意図はない。「さあ、どうでしょうか」と、パイク。「しかし、私は自分のやり方を通そうと思います。そしてそれは、先ほども申しましたように、情報収集の段階で考えをまとめるものではありません。それでも、本部長殿のやり方は正しいと考えております。完璧な措置をお取りだ。とはいえ、ブッチャーがパトロール隊を脅威と感じ、鳴りを潜めてしまう危険性はありますが。もしそうなったら、何が起きるでしょう?」

本部長はパイクをじっと見た。「何を仰りたいのか、よくわからないのですが」

「何が起きるかと言うと」パイクは続けた。「何も起きないのです。そうして一ヶ月か半年ほど、あるいは一年か六年ほど経ち、警備の目が全て取り除かれた後に――つまり、本部長殿の取った措置が撤回された頃に――このブッチャー氏は再び獲物を狙い始めるかもしれないのです」

本部長は眉をひそめ、「一理あるが」と言って、パイクに強い眼差しを向けた。「つまり、警視殿は、あなたが考えているそういうことが起きると仰る」

パイクはかぶりを振った。「申し上げた通り、私は何も考えてはおりません……。そのような事態が起きる可能性があることは確かです。我々はそうならないよう願うのみです」

デイヴィス警部補が何事かをぶつぶつと呟いた。

本部長は苛立たしげにデイヴィスを見た。「何だ、デイヴィス? 何か言ったか? もう一度はっきり言ってみろ!」

デイヴィスは顔を赤らめた。「私が申し上げたいのは、本部長殿、言わせていただけるならば、我々は願いの話などすべきではないということです。今は我々が何をやるかを話すべきでしょう」

パイク警視はデイヴィス警部補に向かって微笑んだ。「そうですね、デイヴィス警部補の仰る通りかもしれませんね」そう言って、パイクは本部長の方に向き直った。「何と言っても、この街を知り、どんな手を打てばいいかを心得ているのは、やはりあなたたちですからね。私は新参者に過ぎませんから、意見を述べるのは街を見てからにしましょう……」

第五章

ホームデイル駅の線路向こうには二百ヤードの距離に亘り、緑と白に塗られた壁に千の窓を並べた〈おはよう大麦〉社の工場が、長いプラットフォームに平行する形で背を向けて建っている。建物の南側には、天を突くような四基の巨大な穀物貯蔵庫《グレイン・エレベーター》が突如としてそびえ立つ。この巨塔の偉観を、ホームデイルの美観を損ねる汚点と考える市民は少なくない。しかしまた、寄り集まり、調和し合い、しなやかな不変の強さを秘めた巨塔の列を、ホームデイルの美点を如実に体現した風景だと見做している者もいるのだった。

今、塔は大きな黒い影となり、血走ったような冬の夕空にそびえていた。黒く塗り潰されていた工場の千と一枚の窓に、次々と黄金の命が吹き込まれていく。窓の後ろではまだ作業が続けられている。何トンもの良質な穀粒を打って叩いて脱穀し、焙煎して割り、水槽に沈めて砂糖をまぶし、いじくり回されて出来上がった味の悪い完成品が建物北側で光を放つ窓の後ろに運ばれて、赤と金で〈おはよう大麦〉と刻印された青と白の紙箱に、白衣の女性たちの手で詰められていく。目を引くロゴマークの下には穀物貯蔵庫を省いた工場の風景が描かれ、その下には『おいしさ抜群、おはよう大麦　クリームと砂糖でめしあがれ　パパとぼくのお気に入り　おはよう大麦で元気な一日』という文章が添えられている。

工場では七百十七人の日雇い従業員が働いている。給料、待遇はなかなかで、衛生環境は劣悪の一歩手前といったところ。仕事は朝の八時から夜の五時まで。余程の非常時や、会社の許可という大義名分でもない限り、定時以前に工場を出ていく従業員の姿はない。だが、まだ四時を十分過ぎたばかりだというのに、つなぎの作業服のポケットに両手を突っ込み、帽子を斜《はす》にかぶったアルバート・カルヴィン・ロジャースはコンベア室を出て、口笛を吹きながら階段を上っていた。

アルバート・ロジャースは電気嫌いの有能な電気工だった。身を焦がすほどの情熱でサッカーを愛しており、選手としても素晴らしい才能に恵まれている。つなぎの下に穿いているズボンのポケットには、「敬具、F・T・ラブレス」という署名のある手紙が入っていた。この手紙は前日の朝に配達されてから、ずっとポケットの中にあったか、彼の手に握りしめられていた。三十六時間以上も前から肌身離さず持ち歩いているというのに、この手紙を大勢の人に見せて、想像の産物ではなく間違いなく現実のものだと請け合ってもらっても、彼は今ひとつ確信が持てずにいた。

しかし、今は現実のものだとわかっている。十分前のコンベア室で繰り広げられた、ささやかだが非常に劇的な一場の背景にはそういう事情があった。彼もまた普通の労働者らしく、直接の上司に面と向かって腹の内をぶちまけてやる場面をあれこれと夢想したものだが、まさか現実にそんな機会が巡ってくるとは考えもしなかったことである——少なくとも、今の今までは。

ところが、そのまさかが起きた。階段の下では、辛辣な批判を投げつけられた主任のマスターズが、左どころか右の耳まで痛み出している頃合いだ。一方の彼はというと、片付けを始める一時間も前に自由の身となり、口笛を吹きながら立ち入ることの許されない階段を上っている。

門衛のステルチ軍曹は目が眩まんばかりの怒りを発しながら、詰め所から飛び出した。〈おはよう大麦〉社が出来て五年になるが、重役用階段を上るコンベア室の作業員も、電気工の口笛も、前代未聞の出来事である。同一人物によってその両方が合わせられた音声付きの光景に出会《でくわ》したステルチ軍曹はまず呆気に取られ、次いで、激怒した。

「おい！」ステルチ軍曹が怒号を轟かせた。

アルバート・ロジャースは足を止めた。振り返った顔に浮かぶ満面の笑みが相手の怒りに油を注ぐ。「もうちょいデカい声を出しゃあ」と、アルバート・ロジャース。「あんたの声も口笛野郎に届くかもしれませんぜ」

ステルチ軍曹はアルバート・ロジャースの方にずんずんと詰め寄った。尖った口髭はわななき、前方に突き出ようとするかのように逆立っている。

アルバート・ロジャースはすっくと立って待ち構えた。

「おまえだな？」アルバート・ロジャースの鼻先から六インチと離れていない距離で、ステルチ軍曹は口を開いた。

「ご明察」と、アルバート・ロジャース。「初めてじゃねえか、オームズさん。さすがの名推理ってとこか」

「ふざけるな！」ステルチ軍曹が怒鳴りつける。「おまえらがこの階段を上ることも、この廊下に足を踏み入れることも許されていないのを、知らんとは言わせんぞ。この工場の規則や決まりは俺もおまえもよっくわかっているはずだ」

アルバート・ロジャースの笑みが大きくなった。「俺が身の程知らずのことをしてると思ってるんなら」彼は言った。「そりゃお生憎。わかってないのは〈おはよう大麦〉社の方さ。何せ、俺はたった今、辞表を出してきたばかりだからな！」

アルバート・ロジャースは口笛を吹き、ポケットに両手を突っ込んだまま、巨大な建物の正面玄関から出て白い階段を降りていった。今までここを通ったことはないし、それどころか、通りたいと思ったこともない。彼や同僚たち従業員が普段通っている順路に比べ、ずいぶん遠回りになるからだ。だが、今夜は一歩一歩を楽しみながら、アルバート・ロジャースはこの道を歩いていた。階段を降りたところで左に曲がり、白く縁取られた綺麗な砂利敷きの車道を行き、青と白のライトで書かれた『〈おはよう大麦〉誕生の地』の文字を掲げる大きな門へと向かう。アーチをくぐったアルバート・ロジャースは、背後に向かって反射的に唾を吐き捨てた。頭の中は未来への展望でいっぱいで、過去を振り返っている余地などない。今日は金曜日。手紙に書かれていた日時は月曜朝九時。つまり、月曜の朝九時に、アルバート・カルヴィン・ロジャースは比較的高評価を受けた一人前の選手として、ウーリッジ・ユナイテッド・アソシエーション・フットボール・クラブの一員になるという信じがたい瞬間を迎えるのだ。

線路に架かる新しい鉄橋の中ほどで、彼は足を止めた。ポケットを探り、若干脂染みてきた紙が立てるカサカサという音を耳にしてほっとする。手紙は確かにここにある……。

アルバート・ロジャースは少し足早になった。今はもう五時近くだろうか。五時なら〈ほって木屋《ごや》〉のパブリック・バーで今日という日に相応しく祝杯を挙げよう。橋の勾配を降りたところで右手に急転回し、食事処を兼ねた〈木屋〉のラウンジ・バーの後ろに出ると、ビリヤード室と一体のパブリック・バーの裏手に回る。開いた扉から眩しい明かりが漏れている。まだ五時を過ぎたばかりだというのにパブには三人の客がおり、そのうちのひとり——フランク・ハワード——は友人だった。

「こりゃまた！」ハワード氏が声を上げた。「なんでこんな時間におまえと顔を合わせるんだ！バート、この不良工員め！」

「ほっとけ、この野郎」アルバート・ロジャースが応じる。「奢ってやるから、おまえら全員一杯付き合え。今日は最高にいい日なんだ」彼はバーテンダーの方を見た。「酒を頼むぜ、テッド」

ハワード氏は友人の肩に手を置いた。「本当かよ、おまえ」その声は驚きで上擦っている。「ウォーリーから聞いたけどよ、プロサッカー選手になるって？」

「フランクよ」アルバート・ロジャースが答える。「それが、本当なんだよ！」

「すげえな！」と、ハワード氏。

「来週の月曜日にはな」と、アルバート・ロジャース。「……ほらよ、嘘か本当か、てめえの目で確かめやがれ」ポケットから封筒を出して広げると、手垢で汚れた大切な手紙を引き出した。

ハワード氏は読み、「これはこれは！」と感嘆した。「ほい、もう一杯飲めよ」

アルバート・ロジャースはもう一杯飲んだ。またもう一杯。別の友人が来ると、またさらに飲んだ。いける口だが量を飲めないので、途中でビターからウィスキーに切り替える。六時半を過ぎた頃には、この時点ですでに本人の口から潰れる寸前との自己申告がなされたほどの酒が入っていた。なのに、アルバート・ロジャースは愛してやまない恋人、メアリ・フィリモアと、ここから歩いて十五分ほどの場所で六時三十五分に逢う約束をしているのだ。

「もう充分だ」アルバート・ロジャースは言った。「俺は行くぜ」

「駄目だ」後ろから誰かが言った——今晩、初めて聞く声だった。「俺の酒を飲むまでは行かせねえぞ、バート」

アルバート・ロジャースは振り返った。「こりゃ驚いた！　トッドじゃねえか！」少しふらつきながら、彼は嬉しそうに手を突き出した。

レイクサイド印刷所の職工長、エドワード・バルティヴル氏は差し出された手を取ると温かな握手を交わし、二分と経たぬ内にウィスキーがまたさらに注がれたグラスを青年の手にしっかりと握らせた。バルティヴル氏は自分のグラスを持ち上げ、言った。「リーグ・フットボールの明日を担う、未来の名アウトサイド・ライトに乾杯！」

「乾杯！　乾杯！」ハワード氏が囃した。

周りからも「乾杯！　乾杯！」と温かい唱和が起きる。

「いったヒック」アルバート・ロジャースは尋ねた。「どっからそんなこヒック聞きつけてきたんだ、トッド？」

「クラリオンの次号に決まってる」と、バルティヴル氏。「俺は一日中あいつの植字をしているんだぜ？　今朝方、おまえの下宿のトム・ピアースが、クラリオン編集部にバラしてたのと違うか？　無論、奴がバラしたからフィンチ女史の耳に大した情報が入ったってわけだよ、バート！　もう一杯どうだ？」

「いや」アルバート・ロジャースはきっぱりと言った。「もういらねえ。おれぁ……おれぁいくぜ。やく……やくそくがあるんだ。いまなんじだ？」

バルティヴル氏は大きな時計を取り出して時間を見た。「時間か」氏は気前よく教えた。「七時まで二十三分と四十五秒というところだ。もう間に合わんぜ。行くのはやめて、もっと飲めよ」

しかし、アルバート・ロジャースは店を出た。

マーケット・ロードからフォレスト・ライズへ、それから垣根で囲まれたリンクス・レーンの闇の中まで。アルバート・ロジャースは猛然と走りに走る自慢の俊足が、均整が取れて引き締まった八十キロの己が肉体を速やかに、そして出来るだけまっすぐに運んでいってくれることを願った。フォレスト・ライズの途中で足がもつれだした。彼が来るのをじっと待っているメアリを思う。約束に遅れたからといって、メアリは彼に腹を立てたり、口汚く罵るようなことはしない。ただ悲しむだけだ。ぎゃあぎゃあ騒ぐ女もいるが、彼女はそうじゃない。いくら取り繕おうとも、内心では時間を無駄にしたとがっかりしているのがわかるのだ。

足取りがしっかりしてきたとはいえ、依然変わらぬ勢いで猛然と坂道を突き進みながら、アルバート・ロジャースは今一度自分の馬鹿さ加減を呪った。フォレスト・ライズを登りきり、それまでの住宅街がリンクス・レーンの牧歌的な風景に合流する急勾配の下り坂で、足を緩めて歩く速度に切り替えていく。こんな足取りで、石だらけの暗い急坂を駆け下りるのは愚の骨頂だ。

ここ四年ほどは、これぐらい走っただけで息切れなどしたことはなかったのに、呼吸が苦しくなっていた……。そんな自分に嫌気が差す……。坂を下り、クロスビーズ・ウッドに入るための小さな白い踏み越し段のすぐ傍に出る……。道路の右側を歩いていたので、数フィートの近さで踏み越し段の横を通り過ぎた。薄暗がりの向こうに、踏み越し段のすぐ脇で柵にもたれかかっている人影を見た気がしたが、背後から声をかけられるまでは気のせいだと思っていた。

「ちょっと、手伝っていただけませんか」

アルバート・ロジャースは振り返った勢いで少しふらつきながら、声がした方を見た。

アルバート・ロジャースは「失礼、今、何と……」と言いかけたが、「失礼」の先を口にすることはなかった。

何か、ひどく冷たいものが、彼に痛みを与えていた……。いや、冷たくはない。突き立てられたのは、炎だった。

怪我をした小動物の鳴き声に似た小さな叫び声が喉に詰まり、口から零れた。体を折り曲げ、手で腹を押さえるが、どうにもならない。膝が崩れた。頭がふらふらし、目眩がして……。

二

フォーツリーズ・ロード十二番地がパイクの下宿先として用意された。寝室が五つ、サンルームがひとつに、四分の一エーカーを超える庭があるこの家は、ホームデイルとフォーツリーズ・ロードでは大きな建物だ。家主は五十歳の健康な未婚婦人、オノリア・マラブル。繁盛していた海辺の下宿屋を畳んだのだが、下宿人に囲まれた生活を三十年を送ってきた結果、奇妙にも、下宿人のいない生活に物足りなさを感じるようになった。十二番地はマラブル嬢の望みを自身の手で形にしたものだ。規模こそ小さくせざるを得なかったが、十二番地はそう滅多にあるものではない下宿のかくあるべき姿が存在する場所だった。

パイクには家の表側に位置し、窓が多くて採光のよい大きな寝室が割り当てられた。ホームデイルに到着した日の夜、夕食を済ませたパイクはこの部屋の窓辺に腰を下ろし、出窓の硝子越しに澄明な夜の闇を見詰めていた。月は見えないが星々が夜空にちりばめられ、冬の夜にときおり見掛ける、闇を見通すことの出来る不思議な現象が起きていた。

日中の冷え込みは、夜になってさらに厳しさを増している。しかし、部屋には朝早くから火の気が入り、充分に暖められている。煙草の煙で部屋が靄がかっていることに気付き、パイクは出窓を開け放った。香しく、冷え冷えとした風が部屋に吹き込む。パイクは窓辺のベンチに膝を突くと、咥えていたパイプを口から離して上体を乗り出し、深呼吸をした。

こぢんまりとした家々が道路の向こう側に黒い影となってぼうっと浮かび、百ヤードほど左手には州警察のジェフソン巡査部長の家、すなわちホームデイルの警察本部、小さな白いコテージの外に立つ街灯の発する黄色い光が見えた。

パイクはパイプを口に戻すと、窓敷居に具合よく前腕を載せ、窓を開けた時に聞こえてきた正確なリズムを刻む足音が眼下を通り過ぎるのを待った。

段々と近付いてくる足音は二人組のもので、こちら側の舗道をゆっくりと、歩調を乱さずやってくる。パイクは前のめりになり、道路の方に目を凝らした。すぐに満足して窓の内に戻る。パトロール隊だ——正規の巡査の。ヘルメットが見えたのだ。パトロール隊は整然とした歩調で目の前を通り過ぎた。足音は小さな坂を上り、降りると共に遠のいていき、フォーツリーズ・ロードの端で巡回区の終わりとなる半円形のフォーツリーズ・アヴェニューへと曲がったところで聞こえなくなった。

パイクは窓敷居でパイプを叩いて灰を落とすと、窓を閉めようと膝立ちになって腕を伸ばした。だが、窓は閉められなかった。また足音が聞こえてきたのだ。リズムは滅茶苦茶に乱れている。ばたばたと慌ただしく、よろめきながらやってくる、ひとりの足音。窓を開け放し、身を乗り出して耳を澄ませる。聞こえてくるのはマローボーン・レーンの東側で、パトロールが歩き去った西側ではない。転《こ》けつ転《まろ》びつ近付いてくる足音が、パイクの真正面にやって来た。窓から乗り出したパイクの耳が、息も絶え絶えに喘いでいる苦しげな息遣いを——穏やかならざる音を聞きつけた。男か女かまではわからない。だが、今し方聞き取った一連の音だけで、パイクに一飛びで部屋を横切って扉を開けさせ、四歩で階段を降りきって玄関扉をねじ開け、前庭を疾走して門を飛び越えさせるには充分だった……。

パイクは走れた。自分の足なら、一歩踏み出すごとに一ヤード以上距離を稼げる。しかし、その足は百ヤードほど走ったところで止まった。追いかけていた相手がジェフソン家の前に立つ街灯の下で止まり、門をがちゃがちゃと開けると、少しよろめきながらジェフソン家の玄関へと駆け込んでいったのだ。パイクは速度を落とし、歩いて門に近付くと、そこでそっと様子を窺った。

街灯の明かりに照らされ、小さな緑の扉と、それを叩いている者の姿が見えた。背が高い痩身で猫背、空いている手で側柱を摑んで体を支えている。すぼめた肩が呼吸の度に苦しそうに上下する。無帽の頭と一緒に、白い蓬髪が揺れている。

ジェフソン本人が扉を開けた。ぶつぶつ言いながら応対したジェフソンが、急に上擦った声を上げたのが聞こえてきた。

パイクは門を押し開いた。ジェフソンが来訪者を家に入れたちょうどその時に、玄関口に到着した。

「ちょっと待ってくれ」パイクは声をかけた。

ジェフソンはもう一度扉を開けた。「ああ、あなたでしたか」ほっと安堵の溜息が漏れる。「来てくれて助かりました」ジェフソンは廊下の奥の暗がりへと、振り返らずに親指を突き立てた。「あっちに……」言いかけた言葉が最後まで結ばれることはなかった。背後で来訪者がまた声を上げたのだ。

「遅いぞ、早くしろ！　そんなところで悠長にしとる場合じゃない！　早く、急がんか！」

パイクとジェフソンは顔を見合わせた。パイクは頷いた。ふたりは家の中に入り、ジェフソンが扉を閉めた。

廊下の右手にあるジェフソン家の居間が、地元の警察本部としての機能を兼ね備えた部屋になっていた。黄色い笠をかぶった電灯から溢れるぎらついた光の下、上着なしでスリッパを履いたジェフソンは制服を着ている時よりも体ががっしりとして見え、ジェフソン家の来訪者がはっきりとした姿をパイクの眼前に晒している。やつれた顔で青い瞳がぎらぎらと輝いた。

「こちらは」ジェフソンがしどろもどろに紹介した。「ロックウォール牧師です」ジェフソンは牧師の方を向いて、「ロックウォールさん、こちらは――」と言い淀み、パイクの首肯を得て先を続けた――「こちらはスコットランド・ヤードのパイク警視です。この街には――」

「わかっとる、わかっとる！」ロックウォールはもう自由に声が出せるらしい。上擦っていることに変わりはないが、ヒステリックではなくなっている。

「わかっとる」牧師は繰り返した。「わかっとるんだ。だが、また死人が出たのだ……リンクス・レーンで……。わしはそこを歩いておった。家に帰る途中だった。道で何かにつまずいた。その何かは――何かは――」長く痩せた手が持ち上がり、牧師の顔を覆った。

パイクは椅子を押し出し、言った。「座った方がいいです」

ロックウォールは椅子に深々と腰を下ろした。玉のような汗が光る額を拭う。「済まない」牧師は言った。「済まない……。わしがつまずいたのは、男の体だった。死んで――死んでいるのがわかったよ。彼は――彼には――腹に傷があった」牧師は身震いをすると、自分の右手を見た。親指の腹に、黒ずんだ乾きかけの汚れがついている。パイクは静かに尋ねた。

「どれほど前のことでしょうか？　話してくださって大丈夫です。よろしければ、私の質問にお答えください」

「何時間も前のようだ！　だが、そんなはずはない。わしはここまで……走って……ずっと走ってきたんだ。どれほどの時間がかかったかはわからない」

パイクの釣り上がった眉を見たジェフソンは、もうひとりの来訪者を見ながら頭の中で計算した。「十五分から二十分というところでしょう」

パイクはロックウォールに尋ねた。「途中で誰かを見掛けましたか？　死体を見つけてから、ここに来るまでの間に？」

白髪頭が横に振られた。「いいや。ひとりも見なかった。ここまで、ずっと人を探しながら来たのだ。このまま辿り着けないのではと思ったよ」

パイクは両手をポケットに深く突っ込み、編上靴の爪先の艶々した飾り革を凝視した。踵から爪先へと体重を移し、体を少し揺らしている。パイクは口を開いた。

「パトロール隊本部と連絡を取れ。今から街を出歩いている者を全員を拘束するように。君も用意しろ。私は車を取ってくる。誰かひとり自転車で行かせろ。四分で戻る。ロックウォールさん、あなたはここにいて、我々に同行してください」

三

眩く輝く二組の白い光の奔流が――警察車輌のクロスリーと、ホームデイル診療院から出動した救急車のヘッドライトの――垣根に縁取られたリンクス・レーンの頂上に延びる狭い道路を満たしている。二組の奔流が交わり、一際白い光が舞台のような効果を生み出している地点では、男たちの一団が路上の何かを見下ろしていた。

光の奔流の中心に、不意にパイクが登場した。パイクは言った。

「足跡はない。ひどい霜が降りていて、霜がなかったとしても、この路面では跡は残るまい……。何もない。全く何も……。ジェフソン、救急隊に片付けるよう言ってくれ」パイクはほんの少し前までアルバート・ロジャースだった、毛布を掛けられた亡骸を顎でしゃくった。「現時点で我々にとって唯一有り難いことと言えるのは、被害者の身元がわかるということだ」

少しの間、ジェフソンは身じろぎもせずに足下を見下ろしていた。

「可哀想に」呟きが漏れた。それから、顔をきっと上げると、救急隊の方を振り返って大股で近付いていき、打切棒《ぶっきらぼう》で職務に忠実な態度を取って話しかけた。

パイクは牧師の傍に行くと、相手を見詰め、こう訊いた。「死体はあなたが見た時のまま動かされていない、そのことに間違いはありませんね？」

ロックウォールは薄い肩を力なくすくめた。「今のところわしに言えるのはだね、警視さん、気の毒な若者はそのままだということしか……。だが、わかってくれ――これだけはわかってくれ――わし――わしは――ひどく興奮していて――あの時は――」

「ええ、わかります。確認しただけです……。ジェフソン！」

「はい」巨体を揺らしながらジェフソンが軽やかに駆け寄ってきた。

「この若者に恋人がいると言っていたな？」

ジェフソンは頷いた。「はい。その通りです。メアリ・フィリモア。奉公人です。トール・エルムズのシャープ夫人のところで部屋付きメイドをやっております」

救急隊員が担架を持ってばたばたとやって来た。担架が下ろされる。隊員が屈み込み、抜け殻と化したアルバート・ロジャースの体を担架に載せ、運び去った。

途中で邪魔など入らなかったかのようにパイクは会話を続けた。「ふたりがいつも逢っていた場所はわからないか？　ここかな？」

ジェフソンは首を振った。「わかりません。娘を起こせますが。どうします？　朝になるまで待ちますか？」

パイクはどうするか考えた。「朝まで待とう」彼は言った。

ジェフソンはヘルメットを目深に引き下ろし、後頭部を掻いた。「では、今は何をしましょうか」

「戻るぞ」パイクは素っ気なかった。「戻って、パトロール隊が捕まえた者がいないか確認するんだ。今何時だ？」

ロックウォールが答えた。取り出した時計を、腰を曲げてクロスリーのヘッドライトに当てる。「十一時十五分前ですな」すっかり落ち着いたらしく、痩せた顔の青い瞳も穏やかな色を湛えている。時計を持つ手は震えておらず、まだ上擦っているとはいえ、声もしっかりしていた。

「どうも」と、パイク。「では、我々はこれで。ジェフソン、自転車で来た君の部下をパトロールに行かせろ」

「済まんが」ロックウォールが言った。「せめて、マローボーン・レーンの入口まで乗せていってもらえんだろうか。これは……ちょっと……」

「お送りしますとも」先ほどまでの素っ気なさが嘘のように、愛想よくパイクは応じた。「こちらへどうぞ」

唐突に救急車のエンジンが轟音を上げてスタートし、ヘッドライトの光が大きく弧を描いた。後退し、向きを変えた救急車が、打って変わって静かな排気音を立てながら走り去る。ジェフソンは垣根に背を向けて誰かと話しており、闇に溶け込んでいる人物の横で自転車がきらきらと光を反射していた。

パイクはロックウォールを車に連れていき、助手席に乗せると、自分は運転席に座った。駆け足で戻ってきたジェフソンが後部座席に乗り込む。先ほどの再現のようにヘッドライトの光が弧を描き、後退した車が向きを変える。先ほどよりもっと低い排気音を響かせ、クロスリーが走り去った……。

リンクス・レーンは再び闇に塗り込められ、人気のない空間が静寂に満たされた。

四

　ジェフソン家のマントルピースで、時計の針が真夜中まであと五分を指し示した。狭い室内は人で混み合っている。居間はここで終わり、こちらから先は警察の領分だということを暗に示すように置かれた簡素な松材のテーブルの後ろには、肘掛け椅子にパイクが、肘掛けのない椅子にジェフソンが座っている。居間の長椅子で縮こまっているのはルーシャス・チャールズ・オーガスタス・ロックウォール牧師だ。それから、そわそわと興奮気味のジョージ・バーチ巡査が無骨なヘルメットをさらに無骨な膝の上で大事そうに抱え、背筋をぴんと伸ばして扉の脇に腰を下ろしていた。

　パイクはロックウォールにこう話しかけていた。

「……聞きたいことは以上です。ああ、もうひとつありました。無論、形式的なものでしかないのですが、リンクス・レーン界隈を歩いていた理由をお聞かせ願えますか?」

「もちろんだとも、もちろんだとも」ロックウォールは姿勢を正した。「病気の教区民を訪ねに行っておったのだ。家があるリンクス・レーンの坂の上の集落はわしの管轄教区で――」

「どなたですか?」ジェフソンが口を挟んだ。「ジョー・スターですか?」

　白髪頭が横に振られた。「いいや。サラ・クイーンだ。彼女を知っとるだろう、巡査部長? 知らんわけがない! 気の毒なご婦人だ! あと一週間も保たんのではないだろうか」

「その女性の家に着いた時刻を覚えておられますか?」パイクが尋ねた。

奇妙な青い瞳が重い瞼を持ち上げた。「それが、全くわからんのだよ、警視さん」

パイクは両手の中の鉛筆に視線を落とした。彼は俯いたまま会話を続けた。「何かお話しくだされば、糸口が摑めるかもしれません」

ロックウォールの口から、笑い声と思しき奇妙な音が漏れた。「そうだな、おそらく……。え え……。夕食直後に家を出たから……。わかったぞ、警視さん、七時から七時半の間だろう。外出は気が進まなかったんだが、サラ奥さんと約束しとったからな。わしはまっすぐ――」

「ちょっと失礼!」パイクの横槍は物柔らかだったが、横槍には違いなかった。「その方の家には帰りと同じ道を通って行ったのですか? リンクス・レーンを通って?」

ロックウォールはかぶりを振った。「いや、違うよ、警視さん。トール・エルムズ・ロードの途中でゴルフ場を抜ける近道をしたのだ」

「しかし、帰りは」パイクの声は優しかった。「遠回りをした?」

ロックウォールは頷いた。少しの間、パイクは白髪頭のてっぺんを見詰めることになった。

「帰りは」と、ロックウォール。「遠回りをした……あんたが言うように……。何故かと言えばな、警視さん、今夜はあまりに暗くて、ゴルフ場を通る道がわしには大変だったからだよ……」薄い唇が自嘲するような弧を描いた。「実際、わしは行きに二回も腹を打ちつけとるからな。全く目に入らなかった鉄条網に引っかかったのが一度目で、二度目はグリーンの端でつまずいたせいだ。だから、サラのところから帰る時に、道路を歩いて安全に帰ろうと思ったのだよ……。神に感謝を。でなければわしは……」

「でなければ、何です？」パイクは尋ねた。

ロックウォールは瞠目した。一瞬の沈黙があった。「でなければ……」と、牧師。「でなければ……。なあ、警視さん。あんたの言いたいことがよくわからんよ。リンクス・レーンを通って帰らなければ、わしは……わしは……とんでもないものを見つけなかっただろうし、もしもわしがあの……あの……あれを見つけなければ、あれは誰にも顧みられることなくそのままになっていただろう」

「ええ」パイクは言った。「そうでしょうとも……。それと、今まで伺ったお話から、あなたが発見した時刻が九時二十分頃だということはわかっています」

ロックウォールの皺だらけの顔に訝しげな表情が膜を張り、目が虚ろになったように見えた。牧師は指の長い痩せた手をひらひらさせた。「仰る通りだよ、警視さん、仰る通り」

「では、ゴルフ場を通って行くと、かかる時間は……」パイクはジェフソンを見た。

ジェフソンはがっしりとした肩をそびやかした。「三十分ほどでしょう」そう言って、ロックウォールを見る。「賛同いただけますか？」

痩せた手がもう一度ひらひらと振られた。「そうだ、そうだ。おまえさんの言う通りだとも。時間を計ったことがないからわしにはわからんが。三十分だ。そうだな、三十分だとも」

パイクは鉛筆をもてあそんでいた手を止めた。「では、あなたがサラ・クイーンなる女性の家に着いたのは八時頃で、私の考えでは家を出たのは九時十五分ということになりますね。ずいぶん長いこと訪ねてらっしゃったのですね」

ロックウォールは目を閉じた。「ああ、そうだな。だが、あの気の毒な女は、誰しもそうだが……怖がっていたのだ」支えていた手から頭を持ち上げ、目を開ける。牧師はパイクに強い眼差しを向けた。「怖がっていたのだよ、警視さん、死をね……。わしは精一杯にあの女を慰めてやっていたのだ」

「なるほど、納得です」パイクは再びジェフソンを見た。「ロックウォールさんをこれ以上お引き留めする必要はないだろう。ジェフソン、もしも君の方で何か聞きたいことがあれば別だが――」

ジェフソンは首を振った。「いいえ、ありません」

パイクは立ち上がり、テーブルの後ろから出た。ロックウォールも立ち上がってパイクを迎える。少しの間、ふたりは視線を交わし合った。

「では、帰らせていただくよ」ロックウォールは言った。「他に何か協力出来ることがあれば――わしの力が及ぶことなら、どんなに些細なことでも――頼ってくれて構わないよ」

パイクは軽く頭を下げた。「ありがとうございます。そうさせていただきます。もちろん、今日のことでも、迅速かつ適切な行動を取ってくださったおかげで、我々も非常に助かりました」

ジェフソンが扉を開けた。ジョージ・バーチ巡査がぱっと立ち上がり、道を空ける。一瞬、部屋に沈黙が降りた。長身で腰の曲がったロックウォールが小さな部屋の真ん中で立ち尽くしている。その目は家具から家具へと視線を走らせていた。

「何かお探しですか?」ジェフソンが尋ねた。

「うん?」はっとしてロックウォールは目を上げた。「ああ、どうも、巡査部長、どうも。今のは……わしは、帽子を探しておったのだ」

「帽子ですか?」ジェフソンも一緒になって部屋を見回す。

パイクが口を挟んだ。「あなたがいらした時、帽子はかぶっていませんでしたよ」彼は控えめに指摘した。

「うん?」ロックウォールは目を見張った。「おお、そうだ……そうだった……」急いでいたから、何処かに落としてきたのだろう。どうも、世話をかけたね。お休み!」

牧師は部屋を出ると、いつの間にか明かりが点けられていた廊下に出た。巡査部長の頷きを受け、バーチ巡査が同行して玄関扉を開けた。

部屋に残り、顔を見合わせたパイクとジェフソンの耳に、扉ががちゃりと閉められる音と、凍てついた小路をゆっくりと歩いていく疲れ切った足音が聞こえてきた。

第六章

パイクは自分の時計を見た。針は真夜中を三十分過ぎた時刻を示している。彼は言った。

「そろそろパトロール隊から話を聞く頃合いじゃないか？」

ジェフソンは部屋の隅に設置された公用電話の方へのっそりと歩いていった。受話器を取って番号に繋いでくれるよう頼む。パイクはパーラー・テーブルの後ろの狭い隙間をすり抜けて窓辺に寄り、冷え切った夜の闇を覗き込んだ。指先で窓硝子を軽く打ち鳴らす。背後の暖かく、明るく照らされた室内では、十一月の風邪を引いたバーチ巡査が咳を抑えようと悪戦苦闘し、ジェフソンは電話口でまだ声をひそめて話している。パイクは闇を見詰め続けた。受話器を掛ける音を耳にしたパイクは、通常の声に戻ったジェフソンに呼びかけられ、振り向いた。

「三人拘束したそうです」ジェフソンは言った。

振り向いた勢いで、パイクは小さなテーブルを危うく倒しそうになった。「何処にいる？」

「駅の傍の交番にひとり、ふたりはこちらに連行中です。どうしましょうか？　もうひとりも一緒に連れてくるよう言いますか？」

パイクは頷いた。再び沈黙が降りた。バーチ巡査は咳を抑え込んだ。公務机の端に腰を下ろしたジェフソンが太い足をぶらぶらと揺らす。パイクはまた窓に向いた。

道路を行く足音を一同が耳にしたのは、十時間にも感じられた、たった十分後のことだった。ジェフソンの頷きを受け、バーチ巡査がヘルメットをかぶり、部屋を出ていく。重い足音が廊下を渡っていき、玄関の扉が開くと同時に門の掛金が外され、家の前の小径を辿る足音が聞こえてきた。

パイクとジェフソンは待った。三人の特別巡査がふたりの男を連れて部屋に入ってきた。年長の特別巡査が報告をした。ずんぐりとした小男で、興奮しきっている。ジェフソンは彼を上手くあしらうと、ふたりの部下ともども、瞬く間に部屋から追い出した。連行されてきたふたりは部屋の真ん中に立ち尽くしている。ジェフソンとパイクは再び公務机に着き、バーチ巡査はヘルメットを抱えて扉脇の席に腰を下ろした。

連行されてきたのは、乱れた服装で足下の覚束ない長身の青年——パーシー・ゴドリー——と、黒いフェルト帽に大きな鼈甲縁眼鏡、毛織のスーツという出で立ちをした、神経質だが喧嘩腰の、だらしのない小男だった。

そよ風に揺れる若木のような風情のゴドリーは、ふらついている状態を面白がっているようにも見える。もうひとりは口を開けば激情に駆られて止まらなくなるとばかりに、喋ることを無理矢理我慢している様子である。

「ジェフソン巡査部長！」パイクは自然と警察口調になって言った。「このふたりを知っているか？」

ジェフソンは頷いた。「若い方がゴドリー氏です。もうひとりは――ちょっと名前がわからんのですが――何か映画関係の仕事をしています」

「私の名前は」鼈甲縁眼鏡の小男の口から、驚くほど深みがあり、並外れて荒々しい声が発せられた。「スプリングだ。ウィルフレッド・スプリング。こちらからも訊きたいんだが――」

「ちょっと、ちょっと待っててください！」ジェフソンが言った。

パイクはにっこり微笑んだ。

「どうぞお掛けください、スプリングさん」パイクは言った。「巡査、スプリングさんに椅子を」

スプリングは爆発した。色の付いたレンズの後ろで、浅黒く、抜け目のなさそうな顔が血の気を失って黒ずんだように見えた。

「誰が椅子を寄越せと言った」と、声を荒げる。「一体何事かを説明しろと――」

「失礼！」パイクは如才ない態度で応じた。「それはもう伺いました。後でご説明しますから、少々お待ちください。お住まいはホームデイルに？」

傍目にも、スプリングが懸命に自分を抑え込んだのがわかった。

「ああ。コリングウッド・ロード十四番地だ」

「こちらの紳士は？」パイクはジェフソンを見て尋ねた。

「ゴドリーさんは」と、ジェフソン。「郊外のリンクス・コーナーで、父親のエマニュエル・ゴドリー氏と同居しています」

「そのとーり！」にこにこ顔でゴドリー氏が言う。「だいせーかいです！」ふらふら揺れながら、青年は部屋にいる者全員に満面の笑みを向けた。

バーチ巡査が自発性を見せ、隅から持ってきた椅子をゴドリー氏の真後ろに差し出し、氏がきちんと腰を下ろせるよう助けてやった。

「いーねぇ！」と、ゴドリー氏。

「おい、こっちはどうなっている！」スプリングが横から喚《わめ》く。「何なんだ、一体！」

「お待ちを」パイクの口調からは明らかに愛想が消えていた。「今夜九時半、この界隈でまた他殺体が発見されました。私の指示で、十一時半頃に街を出歩いていた者は全員が警察に拘束されることとなりました。無論、ご迷惑をおかけして大変申し訳なく思っておりますが、公共の利益のために絶対に必要な措置であったと賛同いただけるでしょう」

スプリングは睨みつけた。鼈甲縁眼鏡が鼻から少し滑り落ちる。ずれた眼鏡を彼は苛立たしげに元の位置に戻した。

「ほう、そうですか！」と、スプリング。「だがね、私を疑っても無駄ですよ！」

「結論を急ぎすぎですよ。そもそも、私は誰も疑ってはおりません。ですが、職務上、全ての者を疑ってもいます。どちらも矛盾はしませんよ」

パイクは連行されてきた怒れる男に強い眼差しを向けた。茶色い瞳が、眼鏡の後ろから睨《ね》めつけるもうひとつの茶色い瞳と眼差しをぶつけ合う。

「スプリングさんにはきっと」パイクは言った。「このような特殊な状況下では、個人が不便を強いられるのは仕方のないことだとご理解いただけるでしょう……。お掛けになりませんか？」

「だが、クソッ、こっちの話を……ああ、もういい、わかった！」バーチ巡査が差し出した椅子に、スプリング氏は座面から跳ね返らんばかりの勢いで、乱暴に腰を下ろした。

「きおつけて！」指を突き立て、ゴドリー青年が注意を促す。

「ジェフソン」パイクは尋ねた。「特別巡査の報告で、スプリングさんは何処で拘束されたと言っていた？」

「マーケット・ロードとコリングウッド・ロードの交差点です。報告によると、チェイサーズ・ブリッジ——線路に架かる橋です——からマーケット・ロードを歩いてきて、コリングウッド・ロードに差し掛かったところで巡回に呼び止められています。十二時を回ったばかりのことです」

「アホどもが！　人を犯罪者扱いしおって！」スプリングがパイクを睨む。「おい、頼むから。さっさと終わらせてくれないか？　帰りたいんだ。一日中働き詰めで、くたくたなんだよ——あんたの仕事なんかお話にならないほど、私の一日は忙しいんだよ。今朝は四時半からあちこち飛び回っていたから疲れているんだ、死ぬほど疲れているんだよ！　それはお互いさまだろう！　一日中立ちっぱなしだったんだ。今は空軍の半分を動員した映画を撮っているんだが、将校が部下にまともな指示ひとつ出せそうにないから、私が代わりにそこまでやらにゃならんのだ！　こんなことばっかりだ！」

「ごもっとも！」と、パイク。「出来るだけ早くお宅に戻れるよう努めますよ、スプリングさん。しかし、先にいくつかの質問に答えていただかねばなりません。簡潔な返答を心掛け、ご協力いただければ、そうですね、それだけ早くお帰りになれるというもので……。さて、ジェフソン、スプリングさんへの事情聴取を始めるから、記録を頼む」

「了解です」ジェフソンは答えた。「いつでもどうぞ」

「では、スプリングさん。パトロール隊に会った時、何をされていたのかお聞かせ願えますか」

「家に向かって歩いていた」

「何処から？」

「ガレージだ」

「どのガレージですか、スプリングさん？」

「おい、こんなこと、時間の無駄だろう！　この街でガレージといったらひとつしかないんだぞ」スプリングは椅子から跳び降りるような仕草で座ったまま体を捻ると、両手足をじたばたと振り回した。眼鏡がどんどんずれていき、位置を直す度に手つきもどんどん乱暴になっていった。

ジェフソンがパイクにこう進言した。

「彼の言う通りです。ホームデイルに公共のガレージはひとつしかありません。チェイサーズ・ブリッジの袂《たもと》です」

「ありがとう」パイクは頷いた。「では、スプリングさん。あなたはガレージで何をしていたのですか？」

「あんたこそ私がガレージで何をしていたと思っているんだ？　車を駐車していたに決まっているだろう。車はそこに置いてくる。うちの車庫では小さすぎるんだ。それに、もう一台、車庫を塞《ふさ》いでいる車があるんでね！」

「なるほど。では、街を出ていたあなたはホームデイルにまっすぐ戻ってきて、車を停めるためにガレージに直行し、寄り道せずに家に帰る途中だったということでよろしいですか？」

「よろしいよ」

「ホームデイルを出て何処に行っていたのですか、スプリングさん？」

「こう言っては何だが――あんたが何者かは存じ上げないのだが――あんたに物をわからせるには相当な時間がかかりそうだな……。仕事をしていたんだよ。言っただろう。一日中ね。そして、明日も一日中働く予定だから、家に帰してもらえれば非常に、非常に有り難い。ブッチャーと名乗る狂人を探しているのなら、そいつに共感を覚えていないとは言い切れないが、私は違うよ」

その言葉に、パイクはにこりとした。「わかりました。ですが、我々も時間をかけざるを得ないのです。慎重に進めなければならないので。ところで、この点がまだちょっとはっきりしないのですが、正確に言って、お仕事はどちらで？」

きつく結ばれていたスプリング氏の魚めいた口が驚愕でぽかんと開いた。口を閉じた勢いで見事な歯並びがちっという音を立て、存在感を示した。

「何という！」そう漏らし、すぐに言葉を継ぐ。「失礼！　私は映画監督です。目下、ホームデイルを離れたエンスウッドのエンパイア・スタディオで撮影しとります。映画の題名を聞いたことはありませんかね。『天上の死』という作品です。この作品のために、空軍の半分を動員して――」

「結構、結構。それで、スプリングさん、あなたはエンパイア・スタディオで仕事を終えた。何時でしたか?」

「退勤時刻は記録していないが、撮影所を後にしたのは大体……そうだな……帰りはいつも時速八十マイルで、エンスウッドから十七マイルの道のりを行くから……。十二時二十分前から十分前の間にエンスウッドを出て、十二時頃にガレージに着き、あんたらのお節介焼きどもに捕まったのが日付が変わった直後というところだろう。言っておくが、私はウィスキー・ソーダと食事を楽しみに、家に帰る途中だったんだぞ」

パイクは頷いた。「わかりました。スプリングさん、車を駐車した時、ガレージで誰かを見かけませんでしたか? 夜間管理人とか?」

スプリングはしばし黙り込んだ。鼈甲縁眼鏡の奥で、熱を帯びた茶色い瞳が厚ぼったい瞼に隠される。そして答えた。

「記憶にないな……。ちょっと待ってくれ……。いいや、誰も見なかったと思う。鍵付きの、個人で使えるガレージなんだ。車を中に押し込んで、扉に鍵を掛け、家路に着いた。それだけだよ」

「なるほど。スプリングさん、幹線道路からホームデイルに入り、ガレージに着くまで、誰かを追い越したりはしませんでしたか?」

「わからんね」スプリングは肩をすくめた。椅子の背で危ういバランスを保っていた黒いフェルト帽が小さな音を立てて床に落ちた。「特に注意はしていなかったからね」

「ねえ！」ゴドリー氏が呼んだ。「ねーえ！」

「では、スプリングさん」パイクが尋ねる。「あなたがエンスウッドの撮影所を出るところを見た者は？　守衛か誰かがいるでしょう？」

「ねえってば」ゴドリー氏がむっとした声を出した。「この人、ぼーし落としましたよ。床にぼーし。拾わないとぎょーぎが悪いですよ」

「ああ、守衛はいるよ」と、スプリング氏。その先を続けるまで、少し間があった。「だが、そう言われれば、今夜はいなかったな。気付いたのを覚えている。門は開いていた。とは言っても――」

「結構です、それで問題ありません。建物を出る時に、誰かスタッフがいたのは確実でしょうから」

スプリングは笑い声を――笑い声ともつかぬ音を小さく漏らした。「おかしな話だが、今考えてみると、誰もいなかったと自信を持って言えるね。私が撮影所を出る三十分ほど前に、全員帰してしまったのだ。私も一緒に帰るつもりだったが、朝に必要になる書き物があることを思い出してね。自室に戻って書いていたんだ……。そう考えてみると、スタッフが帰ってからあんたの部下に捕まえられるまで、私を見た者はいないことになるな」

「ねえ、そこのあーた！」ゴドリー氏が声を荒げた。「ぼーしが床に落ちてるの、ご存じですかあ？」

スプリングはまた笑い声を立てた。その目がまっすぐにパイクを見詰めてくる。「少々厄介なことになっとるのかな？　全部ひっくるめて、こんな馬鹿げた話もないと思うが……」スプリングはだいぶ険の取れた声でそう言った。

パイクはジェフソンに身を寄せると、他の者には聞き取れないほど低い声で何事かを囁いた。

ジェフソンは頷いた。「ええ、やりました。何もありませんでした」

パイクは椅子に座り直すと、もう一度スプリングを見た。

「誰も」唐突にゴドリー氏が声を上げた。「ぼーしを拾わないんなら、僕が拾いますよ。床に落としたまんまなんて、ぎょーぎ悪い」

「もし」パイクが言った。「今帰宅されたいのなら、我々で手配しますよ、スプリングさん。さらなる事情聴取の必要があっても、あなたとはすぐに連絡がつきますからね」

硝子の盾と亀の甲羅の後ろで、スプリングの目に驚きの色が浮かんで消える。だが、短い沈黙の後で口にしたのは、こんな言葉だった。「そりゃどうも……。どうも……。ご親切に」スプリングが――背が低く、ずんぐりとした体が立ち上がった。屈み込み、床に落ちていた黒いフェルト帽を拾い上げる。

「ああよかった！」と、ゴドリー氏。「ぼーしを床に置きっぱなしにするなんて、よくないことだからさあ」

バーチ巡査が扉を開けた。スプリングがひょこひょことそちらに向かう。戸口で足を止め、半身で振り返ると、「おやすみ」と肩越しに荒々しく言ってきた。

呟きが応じ、スプリングは本当に出て行った。

パイクはジェフソンに言った。「確かに一通りの調べはついているんだね？」

「特別巡査は断言しております。記録はここに。ポケットは調べ尽くしました。武器を隠せる場所はありません」不意にジェフソンははっとした顔で口を開いた。「他の場所なら……」

「そうだ」パイクは答えた。「こうしてくれ。そこの彼をガレージに連れて行き、虱潰しに車を調べさせるんだ。令状はないが、賢明であればやってくれるはずだ」

「まさにうってつけの男ですよ」ジェフソンが請け合う。

バーチ巡査の丸々とした子供のような顔に血が上って真っ赤になった。

「さて、こちらはどうしたものかな？」と、パイクはゴドリー青年を見て言った。

ゴドリー氏はぐっすりと眠っていた。だらんと垂れた頭が、左肩に左頬を載せて按配よく収まっている。口は大きく開いている。間の抜けた、幸せな子供のような寝顔だった。

ジェフソンは立ち上がるとのしのしと二歩進み、寝ている青年の前に仁王立ちになった。二本の指でゴドリー氏の右耳を摘み、捻り上げる。

「うひゃあ！」ゴドリー青年は目を覚ました。

ジェフソンは椅子に戻った。

「ゴドリーさん」パイクは呼びかけた。ウィルフレッド・スプリングを相手にしていた時と、口調はがらりと変わっている。「しゃんとしなさい、ゴドリーさん。簡単な質問に二つ、三つ答えてもらいます。わかりましたか？」

「いーえ」と、ゴドリー氏。「いーえ、さっぱり」

ジェフソンは咳払いをし、パイクに言った。

「この人はいつもこんな調子にぐでんぐでんで、ご覧の有様なんです。おわかりでしょうか」

パイクの唇がひくりと動き、微かな笑みを作った。「わかった。話が出来るようになるまで、ここに勾留しておけ」最後まで言い終わらぬ内に電話が鳴った。ジェフソンが大股でそちらに向かい、受話器をひったくった。

「もしもし！」と、ジェフソン。「ああ、ジェフソンだ。……電話しようと思っていたところだ。……彼は何処にいる？ ……何だって？ いや、彼が何者かなんて関係ないんだ。大天使ガブリエルだとしても、こっちに着いてなきゃおかしいんだよ。……うん？ 何だ？ 聞こえない。……おい、誰がそんなことをしろと言ったんだ？ ああ！ ……いや、わかった、わかった！」

受話器を壊しかねない勢いで、ジェフソンは乱暴にフックに叩きつけた。しかめ面がパイクを振り返った。

ジェフソンは言った。「拘束した三人目は医者です。リード医師。この街で開業しています。パトロール隊がここに連れてくる途中でグレイリング大佐に止められたと言っています――」

「そのグレイリング大佐とは何者だ？」パイクは尋ねた。

「この地区の特別警察隊の隊長です。我々もそうですが、グレイリング大佐はリード医師をよく知っているんです。それで、グレイリング大佐がパトロール隊に――ツイてないことに、正規の警官ではなく、特別巡査だったもので――リード医師を逮捕するとは愚の骨頂で、警視殿も連れてこなくていいと仰るだろうなどと言ったんです。それで、すぐに放免してしまったんですよ！」

パイクの眉間に、眉根がくっつくほど深い皺が刻まれた。「リード医師の住まいは？」

「マローボーン・レーンです。百七十二番地。マーケット・ロードを突き当たった左手にある大きな家ですよ。ご覧になっているのでは」

「行くぞ！」パイクが言った。

二

警察車輛の青いクロスリーがマローボーン・レーン百七十二番地の前に停まったのは、一時十分過ぎのことだった。パイクはライトとエンジンを切った。

「ここか？」パイクは訊いた。

「そうです。見たところ留守か、皆、寝ちまっているようですね」

ふたりは門前に立ち、闇の向こうにぼんやりと浮かぶ、玄関ポーチを備えた横に長い邸宅を眺めた。

パイクは門に肘を突いて寄りかかった。「リードは結婚しているのか？」

「はい」声をひそめてジェフソンが答える。「ですが、リード夫人はここにはいません。数か月前に出て行ったんです。リード医師の他は、住み込みの家政婦とメイドがいます。あっと！　調剤師を忘れてた。でも、彼女はこの家で寝泊まりはしていないでしょうね。地元の娘です――マージョリー・ウィリアムズといいます」

パイクは門の掛金に手を伸ばすと中に入り、玄関に続く小径を進んでいった。凍てついた小径で靴底が小気味のよい音を響かせる。足音を忍ばせる気などさらさらない。ジェフソンがその後ろをついていく。小径が尽きたところで三段の階段を上り、玄関ポーチに上がる。ポーチを横切り、ふたりは扉の前に立った。ブザーがふたつあり、片方には真鍮の太字で上部に「夜間」と表示されている。扉には蛇を象《かたど》ったような鋳鉄製の重厚なノッカーも取り付けられていた。パイクは「夜間」ブザーを親指で押した。家の何処かから連続的なブザー音が聞こえてくる。パイクは親指を離した。ふたりは待った。二分ほど待ってから、またブザーを押す。今度はずっと押し続ける。ベルは家の中で執拗に鳴り続けているが、聞こえてくるのはそれだけだ。パイクは手を下ろした。

「ノックしろ！」パイクは命じた。

ジェフソンはノックした。

「もっと強く！」

ジェフソンは力を籠めた。

パイクは両方のブザーを押した……。頭上で明かりが灯り、窓を乱暴に開ける音がして、問いかける声が降ってきた。

「いったい何の騒ぎだ？」

パイクは肘でジェフソンを突ついた。ジェフソンはポーチから下がると、小径に立って窓を仰いだ。

「ジェフソン巡査部長です」ジェフソンは名乗った。「申し訳ありませんが、下に降りて、我々を中に入れてください」

ぶつぶつ言う声が窓の方から聞こえたが、何を言っているかまでは聞き取れなかった。ジェフソンは階段を上ってポーチに戻り、扉の前に立つパイクの横に並んだ。家の中で物音がし、階段を降りてきた足音が廊下を渡り、だんだん近付いてくる。閂が抜かれ、カチャカチャという音を立ててドアチェーンが外される。扉が開き、玄関の外灯がぱっと灯った。

「リード医師ですね？」パイクは確認した。目の前の男は三十代半ば、厚みのある体は肩幅が広く、顎の弛んだ白い顔にちりちりに巻かれたこわい黒髪がかかっている。一直線になった黒い眉の下から、黒に近いきらきらした瞳がちらちらと視線を投げかけていた。

「そうです」戸口の男は答えた。「何のご用ですか？」

パイクは敷居に足を載せた。一瞬、リードは中には入れないよう戸口を塞ぐ素振りを見せたが、すぐにぱっと身を引いた。

「どうぞ！」リードは言った。

パイクの後にジェフソンが続いた。リードは脇にどいた。ふたりのすぐ横で、医師の手が壁を探る音がした。カチリというスイッチ音と共に柔らかな金色の光が三つの壁灯から溢れ出し、玄関を満たす。パイクは医師に視線を走らせ、言った。

「ここでお話し出来ますか？」

リードの目があちこちに視線を彷徨わせたが、ふたりの来訪者の顔に向けられることだけはなかった。

「いや」医師は答えた。「私の仕事場に行きましょう」医師は右手にある部屋に案内すると扉を開け、ふたりが中に入るまで戸口で待った。

がっしりとした体を青い制服に包んでいるが、ヘルメットはかぶっていないジェフソンが、電気の炎が揺らめく暖炉に背を向けて立った。パイクは無言で招かれるまま、赤い革張りの肘掛け椅子のひとつに座った。部屋の中央には樫材の四角い小卓があり、主《あるじ》はその端に腰掛けた。ふたりの来訪者にちらちらと窺うような視線が順番に向けられた。

「今夜十二時過ぎ」パイクは言った。「あなたはパトロール隊のひとりに拘束されました。その後、誤って、そして私の命令に反し、即座に釈放されている――」

「状況がよくわからないのですが」と、リード。「あなたはどなたなんでしょう」深みのある声が不満げに怒りを発す。

「スコットランド・ヤードの者です」パイクは答えた。「目下、警察活動の指揮を執っております」穏やかな口調で続ける。「今夜九時半頃、また殺人事件が起きたという通報がありました。私は直ちに事実確認を行い、市内を出歩いている者を見つけたら、外出理由について確認が取れるまで拘束するよう命じました。ところが誤って、私の指示に反し、パトロール隊はあなたを放免してしまった。それで、いくらかの質問をし、今夜何処にいたのかを説明していただくために、ジェフソン巡査部長と一緒にこちらへ参った次第です。無論、形式的なものですが、この街全体の利益のためには蔑《ないがし》ろに出来るものではありません」

「ええ。……ええ」と、リード。「そりゃそうです……。ええ、わかりますとも」わざとらしいほどにふてぶてしい仕草で、医師は頭を振り起こした。「たくさん質問されるのでしょうね。それが警察のやり方でしょう?」

パイクは肩をすくめた。「さあ、どうでしょう。あなたの好きにされるといい。あなたの陳述を取ってから質問に答えてもらってもいいし、こちらで勝手に陳述書を作り上げてから質問に答えてもらうのでも構いませんよ」

リードは唾を飲み込んだ。「それほどお話しすることはないのです。でも、努力しましょう……。パトロール隊に捕まったのは、十二時を少し過ぎた辺りでした。我が家に向かってブロード・ウォークを歩いていた時のことです。最近、過労が祟って不眠症気味でしてね。今夜は夕食後に寝室に直行しました。今日は眠れると思ったのです。しかし、荒療治でもしなければ無理だとすぐに悟りました。それで、散歩に出たのです。自分でも馬鹿な行動だと思いますし、信じてもらえなくとも仕方のないことですが、普通の精神状態ではなかったのですっかり忘れてしまっていたのです――その、ブッチャー事件のことを。私はいつもと同じ散歩道を回りました。マローボーン・レーンをまっすぐ進み、養鶏場を回ってランバラ・レーンを戻り、競技場を横切ってブロード・ウォークの頂上に出る道順です。そして、ブロード・ウォークを歩いている途中で止められたのです。……それだけですよ!」医師はパイクを見た。何の感情も読み取れない、硬質な保護膜で覆われた目だとパイクは思った。

パイクは熟考した。「お尋ねしますが」しばしの沈黙の後、彼はそう言った。「散歩の途中で、パトロール隊に遭う前に街で人を見掛けましたか?」

リードはかぶりを振った。「見ていません」言い終わると同時に閉じられた口が、唇が見えなくなるほど固く噤《つぐ》まれる。

「ひとりも?」

「ひとりも」

「散歩にはどのくらいの時間行っていたとお考えですか、リード先生?」

広い肩が申し訳なさそうにすくめられた。「正確なところは申し上げられません。一時間以上、二時間以下ということぐらいしか」

長い沈黙が続いた。軸足を入れ替えたジェフソンは、弱々しい抵抗を見せる医師から、何ひとつ考えを読み取らせないパイクへと視線を移した。正しい行いと言えるかどうか迷いが生じていたものの、ジェフソンは自分の役割を心得ていた。そして、善良なるジェフソンは自らの立場をわきまえてもいた。彼は来るべき時を待った。だが、訪れたその時はあまりにも呆気ない瞬間で、肩透かしを受けたジェフソンは思わず気の抜けた声を小さく漏らし、慌てて気を引き締めたのだった。

と言うのも、パイクは立ち上がるとこう言ったのだ。

「どうもありがとうございました、リード先生。ご迷惑をおかけしたことをお詫びします」パイクは帽子を探して辺りを見回し、扉の左にある椅子の上に見つけた。パイクはそちらに歩を進めた。「お暇しょうか、ジェフソン」パイクは言った。

リードは弾かれたように立ち上がった。「ちょっと、あなた！」と、語気荒く呼び止める。「一体、私に——」そこまで言いかけたところで唇がきゅっと締められ、一本の線になった。パイクは腰を屈めて帽子を取ると、片手に載せて振り返り、「何でしょう?」と感じよく応じた。

「いや、何でも」と、リード。「何でもありません!」

パイクはドアノブに手を掛け、不意に何かを思いついたようにその手を下ろした。「失礼。ひとつだけ質問が。この家で寝泊まりしている人は他にいらっしゃいますか、リード先生?」

リードの巨体がわずかに身じろぎした。ぎくりと後ずさったのだ。「家政婦が」医師は答えた。

パイクは眉を吊り上げた。「他には?」

「いません」リードは首を振った。

パイクは中折帽を両手で持つと、帽子の鍔をこねくった。そして、控えめに言い出した。「家政婦さんと少し話をしてもよろしいですか?」

リードの巨体がさらに大きさを増したように見えた。立ち上がることで、背の高さ、がっしりとした体格、自信に溢れた態度がより強調されたのだ。「それは、何のために?」彼は訊いた。

「確認のためです」パイクは答える。「先生が家を出られた時刻がわかるような手掛かりがあれば、先生も不愉快な思いをあまりせずに済むでしょうし、我々も手間を省けるとはお思いになりませんか」

「やれやれ！」と、リード。「気の毒なご婦人を起こそうというのですか？　彼女は私よりも先に床に就いていたんですよ」

「リード夫人は」パイクは脈絡のないことを言い出した。「ご不在なのですよね？」

「有り難いことにね」リードは答えた。医師はテーブルをぐるりと回ってパイクの傍に来ると、面前に立ちはだかった。

パイクは手に取ったばかりの帽子を椅子に戻した。「家政婦の話を聞くのが一番いい方法だと思うのですが」パイクは視線を一瞬だけ外し、ジェフソンと目を合わせた。

それで全てを察したのはジェフソンの手柄だった。ジェフソンは暖炉を離れた。そして、リードをしっかと見据え、重々しい声で尋ねた。

「メイドもいるのでは？」

リードは目を剝いた。ジェフソンの質問に答えはするものの、目はパイクを睨みつけて離さない。

「メイドはいました。先週、クビにしたんです。口の利き方はなっていないし、仕事ぶりにも不満がありましたから。家政婦が新しい子を探していますが、まだ見つかっていないんです。ですから、今夜、私以外にこの家にいるのはフリューイン夫人だけですよ」

「わかりました」控えめな口調の下で、パイクの声が微妙な厳しさを帯びる。「では、最善の方法は、ここにいるジェフソン巡査部長を連れてそのフリューイン夫人を起こしに行き、巡査部長の質問に答えてくれたら先生がとても助かると伝えることですね」

微動だにしないリード医師をふたりの警察官が見守った。「ああ、わかった、わかったよ！」医師はようやく観念した。テーブルから身を翻すとパイクの目の前を通り、扉に向かう。ドアノブを握り、回す。「こちらへどうぞ、巡査部長さん」物言わぬ敏捷な象のように、ジェフソンはそちらへ向かった。

パイクはふたりの足音――きびきびと軽やかで猫のようなリードと、一歩一歩を踏みしめるようにのっそりと進んでいくジェフソンの――に耳をそばだて、廊下の奥で左に折れ、絨毯敷きの階段を上っていくのを聞き届けた。

足音が止み、短い静寂の後、代わって扉が拳で打ち鳴らされる音が聞こえてくると、パイクは聞耳を立てるのをやめた。部屋を横切り、先ほどまでリードが座っていたテーブルに腰を下ろす。ポケットからオイルスキンの小袋と、まだ下ろして間もないがいい感じに育ってきたパイプを取り出す。煙草をパイプに詰めていく。煙草を詰め終え、小袋を丸めてポケットに仕舞い込んだ時に、階段を降りてくる三つの足音――二組の革靴が立てる静かな足音と、踵の磨り減った靴が立てるぱたぱたという音――と一緒に、途切れ途切れの話し声が聞こえてきた。パイクはテーブルからそっと離れると、軽やかな足取りで扉に近付いた。廊下に出ずとも階段の裾が見えるよう、パイクは扉の脇柱にもたれて一行を待ち受けた。

小さな行列がやってくるのが見えた。リードを先頭に、青いフランネルのガウンに身を包み、紙にカーリングピンをたくさん挿した、体の節々が曲がっている年配の女性がその後ろをついてくる。しんがりを務めるのは、重そうな体で無表情を保っている、銀ボタンの青い制服姿のジェフソンだ。階段を降りた一行が一枚の扉の前で立ち止まると、リードがドアノブを回して開けた。女が先に中に入り、早くも胸ポケットから鉛筆と手帳を取り出そうとしながらジェフソンが後に続いた。

パイクは少し身を引いた。リードがゆっくりとした足取りでこちらの方へやって来る。診療室に到着した医師を、パイクは再びテーブルに腰掛けて迎えた。煙草だけ詰めて火を点けずにいるパイプを咥え、手にはマッチ箱を持っている。

「吸っても構いませんか?」パイクは尋ねた。

リードは首を振ると、「お好きにどうぞ!」と噛みつくように答えた。「何でも好きにすればいい……。今はあなたの言うことなら、どんなに小さい声でも全部通るんだから」

「あまり大声にならないよう気をつけますよ」パイクは品よく答えた。

リードは椅子にどさりと腰を下ろした。医師もパイプと煙草を取り出す。マッチを探しながら、彼はパイクにこう言ってきた。

「警部さんか何か知りませんが、訊くことはもうありませんか?」

パイクはにこりとした。「そうですね。ともかくも、今のところは」

リードは笑い声を立てた。面白がっている素振りはなく、ジェフソンが戻って来るまで沈黙が続いた。戸口を塞ごうとでもしているかのように、ジェフソンは敷居の上で足を止めている。視線で訴えてくるジェフソンに眉を上げてパイクが問うと、ジェフソンは首を振ってみせた。

もう一度、リードが耳障りな笑い声を轟かせた。

パイクは立ち上がり、「これで用事は済んだと思います。今夜のところは」と告げ、扉に向かった。

リードは最初に座っていた位置に戻った。「満足するまでやればいい。そうすりゃ晴れて私も無罪放免だ」言葉だけではなく声にも嘲りが含まれていたが、その嘲りの裏には何かが隠れていた。いみじくも、走り出す車がマローボーン・レーンの闇をヘッドライトの白い光が薙ぎ払った時に、ジェフソンが言ったように。

「自分には、奴《やっこ》さんが怯えていたように見えるんですよ！」

第七章

百ヤードも行かずにパイクは車を停めた。

「どうしました？」ジェファソンが尋ねた。

「ちょっと思いついたことが」パイクは答えた。「時々あることだ。郵便局長を知っているか？」

「ええ。マイヤーズといいます」

パイクは独り言のように低く唸った。「ふむ！　家は何処だ？」

「ここから二百ヤードほど離れたところです」ジェファソンの声音から、隠しきれない好奇心が伝わってくる。

パイクは車を出した。「案内してくれ。局長を叩き起こし、服を着せ、連れてくるんだ。出来るな？」

闇の中でジェファソンは頷いた。「任せてください。局長とは旧知の間柄です」

車は走り続けた。

「停めてください！」ジェファソンが声を上げた。

車が停まった。ジェファソンがごそごそと車を降りていく。パイクは車のライトを消し、暗闇の中で待った。

しばし物思いに沈んでいたパイクを、車の外から聞こえてくる喧噪が引き戻した。寒さに気付き、ぶるると震える。パイクは上体を伸ばしてドアを開けた。

「マイヤーズ氏を連れてきました！」ジェフソンの声がした。「乗ってくれ、マイヤーズさん」

聞こえてくる音から、パイクの後ろでふうふうと苦しげな息遣いをしている誰かがもぞもぞと動き回った後、後部座席に落ち着いたのがわかった。ジェフソンがパイクの隣の席に乗り込んだ。再びヘッドライトが闇を切り裂く。走り出した車内で、運転手が質問した。

「郵便局への一番の近道は？」

「最初の角を左に、二本目を右に、一本目をまた左に」後部座席から高い声が熱心に答えた。

半マイルの道のりは二分ほどであっという間に到着した。砂利を飛ばし、甲高いブレーキ音と共にクロスリーが停車する。

「降りてください！」パイクはそう言い渡すと、ジェフソンが郵便局長のマイヤーズだと紹介した、眼鏡をかけた痩身の男に鋭い一瞥を投げかけた。

「マイヤーズさん、警視殿のお考えが俺にはまだよくのみ込めてないが……」

「たいしたことじゃありませんよ」と、パイク。「中に入れますか？　マイヤーズさん、鍵はお持ちですか？」

マイヤーズ氏は鍵を持っており、煉瓦タイル張りの小さな郵便局の裏手にふたりを連れていき、鍵を開けた。

中に入ると、背後で通用口の戸がかちゃりという音を立てて閉まった。局長の指が電灯のスイッチを押し、闇の中に立ち尽くす一行を光が目映《まばゆ》く照らしだした。

「ここは仕分け室です」マイヤーズ氏は言い、好奇心を満々と湛えた瞳をパイクに向けた。「それで、どうするのですか？」

パイクは局長を見ると、二台の机と、暦と壁掛け時計が掛かっているだけの壁、三台置かれた架台式の長卓に視線を走らせた。窓──長く、細い窓だ──には格子と網が掛けられている。

「仕分け室ですか？」と、パイク。「では、マイヤーズさん、九時の集荷分のことなんですが。集荷は九時が最後ですね？」

「大体のところは」マイヤーズ氏は答えた。「アローコートやフォレスト・ロード、アザー・サイド向こうのツー・ティドラーズ・コーナーのような僻地を除けば、九時の集荷が最後ですよ、警視さん。九時半に運ばれてくる分で最終集荷になります」

「そうでしょう！」と、パイク。「最後の集荷が仕分けされてここを出るのはいつですか？」

「翌日ですよ、警視さん、朝の五時です」

「見せてください」パイクは言った。

「いいですとも、いいですとも！」マイヤーズ氏は先ほど入ってきた扉の向かい側にある戸に飛んでいった。戸が跳ね上がって閉じ、すぐまた持ち上がると、マイヤーズ氏の丸まった背中が出てきた。吹けば飛ぶような体で両腕に全体重をかけ、巨大な郵袋を引きずっている。ジェフソンが手を貸し、テーブルのひとつに郵袋を持ち上げ、傾けて中身を空けると、封筒や葉書、小包の類いが滝のように卓上に流れ落ちた。パイクの痩せた顔が精神を集中させてナイフのような鋭さを帯び、手が卓上に広がる膨大な紙の山を熱心に掻き回した。

「は！」突然パイクが声を張り上げ、ぴんと背筋を伸ばした。

「なんてこった神様！」ジェフソンが悲鳴を上げげた。その目はパイクの右手が掲げているものに釘付けになっている。艶のある真っ黒いインクで右下がりに文字が綴られた、黄色っぽい真四角の封筒だ。

パイクは封筒を手にマイヤーズ氏の方へ寄っていった。「この手紙がどのポストに投函されたかはわかりませんか？」

マイヤーズ氏はきっぱりと首を振った。「無理でしょうな、警視さん」蒼褪めた顔で封筒をじっと見詰め、局長は言った。

パイクはペンナイフを取り出すと封筒を卓上に置き、必要以上に触らないよう細心の注意を払いながら、丁寧に封を開けた。

パイクは繊細な手つきで封筒の中身を取り出した。この封筒には便箋が三枚入っていた。パイクは一枚目を広げ、読んだ。パイクの肩越しに、ふたりが覗き込む。便箋にはこう書かれていた。

> 第三の死者のご案内
> 安らかに眠られたし
> エイミー・アダムス

十一月二十六日、月曜日に死去……

ザ・ブッチャー

パイクは二枚目を開いた。

第四の死者のご案内
安らかに眠られたし
アルバート・ロジャース
十一月三十日、金曜日に死去……

ザ・ブッチャー

パイクは三枚目を開いた。

親愛なる警察諸氏へ
この度不幸に遭われました、エイミー・アダムスとアルバート・ロジャース両名に関する
覚え書きを同封いたします。

エイミー・アダムスに関する留書を今頃お渡しせねばならぬことを大変心苦しく思っておりますが、小生も多忙のため（おわかりでしょうが、他にもたくさんやることがあったものですから）、連絡がここまで遅れてしまったことをご理解ください。

さて、早々に本状をしたためた用件に移ることとしますが、その理由を知れば警察諸兄の士気はきっと高まることでしょう。小生が次にいつ、どうやって、何処で、誰を狙うかがわからない現状は、控えめに言っても、貴君らの意気を非常に阻喪させるものと小生は考えております。不必要な苦痛を他者に与えることは小生の厭うところであり、ゆえに、今後、小生の仕事は程度の如何に関わらず、場所を告知した上で行おうと思っております。いかがでしょう、以上の提案は我々のゲームに刺激を与える、なかなかのスパイスだとは思われませんか？

どうか疑われることのなきよう

貴君らの寛大なる友

ザ・ブッチャー

第八章

（ロンドン警視庁犯罪捜査課アーノルド・パイク警視から同副総監へ送った個人報告書より抜粋[原注]。十二月一日土曜日付、……特別便にて同日午後十一時半にスコットランド・ヤードに配達済み）

（原注）抜粋ではあるが、報告書の要諦に関わりのある部分は全てそのまま残している。省略部分は形式的な文言でしかない箇所と、本章の構成上、不要な細部に限った。例を挙げると、書中にてパイクが言及しているパトロール隊の巡回案やパトロール隊組織に関する詳細は、資料として添付されたものであるため省略している。

ブレイン、カーティス両巡査部長と共に先月の二十八日水曜日、午後二時半にホームデイルに到着。州警察本部長およびデイヴィス、ファロー両警部補に出迎えられる。情報収集のため、ブレインとカーティスを地元警察管区の責任者であるジェフソン巡査部長の元へ送り、自分はそのまま前述の本部長とふたりの警部補との会談へ。両警部補とは初めは打ち解けられず。抑えられてはいるがやはりあからさまな敵愾心を向けられる。問題を取り除き、現在は関係良好。両警部補は共に有能。本部長は指揮権の委譲を快く承諾。この会談で、住民をさらなる凶行から守るために取っている措置について聞く。（一時的にでも早急に対策を取らねばならない状況を思えばよく考えられているが、当然ながら防犯対策の用しか成さない（私の提案で採用された変更と追加箇所を欄外に鉛筆書きで記した措置案の写しを同封）。

先月二十九日、木曜

報告するまでもない会議にふたつ出席し、最初の三件の殺人について警察が集めた大量の証拠書類を何時間も読まされた（何ひとつ収穫はなし）長い一日。日中、地元の巡査部長より、ブッチャーと自称する男が自首してきたので警察署に向かわれたしとの電話あり。巡査部長はひどく興奮。警察署に急行する。神経衰弱状態にある、エドワード・ウィリアム・マーシュと名乗るホームデイル在住の年配の男性を発見。「わしがやった、わしがやった、わしがブッチャーだ」と繰り返すだけで、支離滅裂な陳述しか得られず。直ちにカーティスをマーシュの家に遣り、老人の身の回りの世話をしている妹への聴取から、事件があった全ての日時でマーシュが間違いなく自宅にいたことを確認。軽い癲癇持ちで、かかりつけの医者であるリード医師によると、神経症の問題を抱えているとのこと。医師に連絡したところ、介護施設への入居を勧められる。これ以降、さらに三件の「自白」を受ける。年配の女性ふたりと、「鈍い」ことで知られている自動車修理工。探偵志願者や怨恨絡みで流された噂話、想像力過剰な者たちにも悩まされる。こういった面倒は地元警察の通常業務に深刻な影響を与えるものであり、混乱を引き起こすと思われたので、一切の処理をカーティスに一任する。全員が適切に捜査を進めているが、今のままでは逮捕に結びつくとは到底思えず。カーティスは一騎当千の働きぶり。ブレインにはパトロール隊の組織を任せる。ブレインによるここ三日間の報告を後に付記する。

進捗状況

当然ながら、安全対策関係の他にこれといった進展はなし。しかし、最終的な解決に向け、ひとつ、ふたつ、手応えを得る。その点をもっと明確にしておくため、殺人事件を項目化して表を作成。結論を読む前に、次頁の表にじっくりと目を通されたし。

注――第一、第二、第三の殺人の発覚後に地元警察が即座に取った措置については、抜粋して添付した資料を参照。手配は予想されるより非常に手際よくなされており、警察側に何ら落ち度はないが、何の生産性もない手であるため、それほど注意を払う必要はなし。第四のアルバート・ロジャース殺しは昨夜発生したばかりで、私が解決のために取った措置の概略については以下の、上記の表から導き出した結論の後に記した。

殺害状況の比較より導き出された結論

（1）専門家の所見（添付資料を参照のこと）では、傷は全て同一の凶器によるもの。全ての傷跡は一致しているが、劇場で殺されたエイミー・アダムスに限り、突き刺したのみで切り裂くま

氏　名	ライオネル・コルビー	パメラ・リチャーズ	エイミー・アダムス	アルバート・ロジャース
年　齢	11	19	17	21
死　因	腹部を刺され、切り裂かれる。	同前。	腹部を刺されたが、切り裂かれてはいない。	コルビー、リチャーズに同じ。
殺害現場	住民の多い住宅街の道路。	住民の少ない住宅街の道路に停めた車内。	劇場のラウンジ。	非住宅街の道路。
殺害時刻	11月23日、およそ午後9時半。	11月25日の真夜中から、11月26日の午前5時までの間。	11月26日、午後9時から9時半の間。	11月30日、午後6時半から9時までの間。
社会的地位	事務従事者階級。	有閑階級。	労働者階級。	熟練工階級。
	ひとりっ子。学業優秀。スポーツ万能。学校のサッカーチームのキャプテン。若いながらボクサーとして将来を嘱望される。両親は献身的。ブッチャーの手紙は警察、ホームデイル株式会社会長、ホームデイル・クラリオン編集部に郵送される。消印はホームデイル、11月24日午前10時。	非常な有名人。美人。両親は献身的。彼女の希望で問題の多い婚約が破棄されたばかり。もっと幸せな縁談が持ち上がっていた。ブッチャーの手紙は、犯人自らの手で自宅に届けられたものが翌朝発見。	州の美人コンテスト優勝者。それにより、一家の収入が増えるはずだった。ブッチャーのメモ（添付資料参照）が遺体に残されていた。ブッチャーの手紙は次項のアルバート・ロジャースのものと一緒に郵送されるところを発見される。	プロサッカー選手になる夢が叶ったばかり。両親はいないが、恋仲の娘がいる。プロ契約により、結婚が早まるはずだった。ブッチャーの手紙は12月1日の日付が変わって間もない頃に郵便物の中から発見。

でに至っていない（後者は殺害現場の状況から、犯人が周りに気を配らなければならなかったためと考えられる）。
（2）どの場合でもブッチャーから手紙が送られている。
（3）犯人はホームデイルの住人というだけでなく、ホームデイルの全ての社会階層とある程度親しい交わりを持つことが暗示されている。その証拠として、
（a）犯人は被害者の身元を知っている（パメラ・リチャーズの名前はポケットに名刺が入っていたので殺人者が目にした可能性はあるが、ライオネル・コルビーの場合は衣服についていたイニシャルのみ。エイミー・アダムスには目印や身分証の類いはなく、あったとしても犯人に見ている時間はなかった。アルバート・ロジャースの身元を知る唯一の手掛かりは皺と破れの目立つ封筒だが、ポケットから出された形跡はなく、名前もほとんど読めなくなっていた）。
（b）パメラ・リチャーズ殺しでは、手紙は犯人が自ら被害者宅に忍んでいき、夜の内に届けている（犯人がホームデイルの地理に明るいことを示してもいる）。
（c）手紙の用意にほとんど時間がかけられていない（あまりにも短時間過ぎて、事件によっては犯人が前もって殺害する人物を知っていたようにも見受けられる）。
（d）（次の第四項に別記。別項ではあるが、本項を証明するものでもある）
（4）ブッチャーが犠牲者に選ぶのは若者で、男女の別はない。
（a）犠牲者は幸せになろうとしている時に命を奪われており、
（b）彼らが死ぬことにより、誰よりもつらい思いを味わうことになる、ホ、ー、ム、デ、イ、ル、在、住、の、

人間がいる。

（繰り返しは承知の上で）以上を総括し、最終結論を以下に報告。

本件は殺人によって三重の満足を得んとする（すなわち、命を奪うという行為、犠牲者の若さと幸せを奪うという行為、殺しによって嘆き苦しむ姿を観察するという行為から）異常者による「快楽殺人」であり、犯人は地域のあらゆる社会階層と付き合いのある職業に従事しているか、おそらくは公的にその機会を持っている、ホームデイルの住人である。ゆえに、当然の帰結として、犯人は労働者階級や熟練工階級ではなく、事務従事者や管理階級の人間となり、おそらく後者と考えられる。

昨日のアルバート・ロジャース殺しに関する追記。担当となってから初めて起きた事件となる。それに応じ、現在までに講じた措置を簡潔にまとめる。カーティスとブレインの指揮の下、五十人を動員し、午前七時半から午後三時半にかけて戸別訪問を実施。家主または家主の代理にアンケートを採り、以下の質問に回答を求める。

（1）十一月二十五日の夜から十二月一日までの間にこの家にいた全員について詳細に記入せよ。

（2）その者たちは昨夜家にいたか？

（3）いなかったなら、不在にしていた者の氏名、時間帯、理由を述べよ。

（4）理由が答えられなければ、不在にしていた者の現在の所在を述べよ。

アンケートの回答は現在確認中だが、今のところ収穫はなし。個人宅であればアンケート項目は簡単に埋められるが、フラットや民宿、ホテルとなると、芳しい結果は望めない。このアンケートははっきりとした成果を期待して行ったものではなく、必要性を感じて取った措置だが、アンケートにより警察がすでに摑んでいる（次項参照）以上の疑わしい動きが出てこないようであれば、ブッチャーが（ⅰ）ひとり暮らしの家主、あるいは（ⅱ）協力者の家族がいる家主（可能性は極めて低い）、あるいは（ⅲ）フラットかホテルの住人と考える根拠を得ることになる。

当局によって拘束された不審人物

午後十一時に死体を検分した後、W・スプリング、P・ゴドリー、リード医師の三名が当局によって拘束される。全員、ホームデイル在住。尋問などの詳細は、別添のジェフソン巡査部長による記録を参照のこと。

殺人を通報したのはロックウォール牧師。牧師の行動については聴取済み。尋問のやり取りの記録も別添。

以上四名の話は納得のいくものではないが、全員勾留はせず。放免はしたものの、監視下に置いている。見境なしに逮捕の大安売りをするのは現時点では得策ではない。

ロジャース事件は、進展があればその都度報告する。

提案

逆の指示を受ければその次第ではないが、以下のふたつの計画をこちらの判断で適切と思われる時期に実行に移す。
（1）三十ポンドは超えぬ程度の予算で、中央郵便局壁面の郵便受けの上部に間接照明を設ける。この郵便受けから投函された手紙はシュートを通って第一仕分け室に直接送られる。ライトはシュートの下で操作される。ライトの設置に伴い、人員一名がシュートの下で常時待機し、ブッチャーの黄色い封筒を発見次第、スイッチを押す。少しの間、郵便受けの上でライトが点灯する。郵便局の外に目立たぬよう配置された三名の私服がライトの点灯を合図に、郵便局とマーケット間の一本道を封鎖する。ライトが点灯する直前に手紙を投函するところを目撃された者は拘束され、尋問を受ける。中央郵便局壁面の郵便受けを選んだのは、僻地の郵便ポストでは実行に移せないことと、利用者が多いため人目を引く機会も少なくなる中央郵便局が、ブッチャーの全ての手紙が投函された場所である可能性が極めて高いと考えるため。この策に弱点は多いだろうが、現状ではどんな手でも打ってみるべき。建設的な策を打っていくのは何もしないよりもよいと考える。当局に経費を認めてもらいたし。
（2）ブッチャーの手紙に使用されているものと似た紙とインクを入手し、犯人が造りだしたブッチャーの筆跡を注意深く模倣して私が考えた文面で手紙を書き、ブッチャーの手紙を受け取った三名（ホームデイル・クラリオン編集者、ホームデイル株式会社会長、巡査部長）への送付を始め、ブッチャーが足下を掬われるような下手を打つのを待つ。この策は今の段階では構想のみに留めておくが、一考した上で意見を願う。

（注――以上に概略を述べた計画の明らかな難点は、百パーセントの確率で遂行させるために、ブッチャーではあり得ないことが証明出来る人物のみを協力者に選ばなくてはならない点である。手紙の偽造に関してはその条件下でも可能だが、郵便受けの案を実行するのであれば、ホームデイルのひとり、またはふたりの住民に手の内を明かさなくてはならない。しかし、そうとなれば、しかるべき注意を払い、犯行とはいかなる形でも全く関わりのない人物を選び出す所存である）

警視
アーノルド・パイク

二

（以下は上記の報告書の補完として同封されていた追加報告書。十二月一日午後五時半付、「親展、緊急」の文字あり）

同封した本日分の長い報告書に付加し、さらに、今し方電話で連絡した件の備忘として――本日午後四時四十五分、リード医師（長い報告書中で言及している、昨夜、当局に拘束された者のひとり）の妻であるリード夫人が警察署を訪れ、同署の責任者である巡査部長に、長い休暇旅行の途中で予定外の帰宅をしたのだが、リード医師の調剤師であるマージョリー・ウィリアムズ嬢が昨日の午後（三十日金曜日）に家を出て以来、戻ってこないと通報していた件を報告いたします。家政婦のフリューイン夫人（長い報告書に添えてある陳述書をご覧ください）が、午後二時半頃にウィリアムズ嬢が興奮した様子で電話で話しているのを聞いており、その後、走りながら外套に袖を通し、帽子もとりあえず手に持っただけという格好で、家を飛び出していくところを目撃しています。当時、彼女（フリューイン夫人）は二階の自室にいました。その時のウィリアムズ嬢は午後の休憩中だったので、出掛けても問題はないと思ったと、彼女はリード夫人に言っています。リード医師は外出中でした。医師は夕食直前の七時に帰宅し、その後の行動は添付書類にある通りです。

リード夫人から直接話を聞き、彼女が夫とウイリアムズ嬢に嫉妬していることがすぐにわかりました。ふたりが密通しているという噂があり、それで夫人は予定を切り上げて自宅に帰ってきたようです。ウィリアムズ嬢が外出したまま帰ってこないからといって、警察に通報する必要があると考えたのは何故か、夫人に尋ねました。それに対して夫人は、ウィリアムズ嬢はホームデイルに住んでいるが、ひとり暮らしで身寄りがない彼女には頼れる人間がいないし、特に最近は物騒な事件が続いているので、彼女の取った奇妙な行動を見るにつけ、自分（リード夫人）には警察に通報すべきだと思われたのだと返答しております。夫人が警察に行くことにリード医師がどのような反応を示したかを私は探りだそうとしました。すると、まだ夫に会ってはいないが、不愉快がるだろうとのこと。夫の意向がどうでも、夫人は義務を遂行したのです。目下、リード医師を監視している私服に連絡を取っているところで、もしも医師に少しでも疑わしい動きが報告されたなら、特別令状を執行し当分の間勾留するつもりでおります。

アーノルド・パイク

追伸――リード医師が帰宅し、私服のハーボード刑事が報告に来ました。内容は以下に。
「リードは今朝十一時に家を出ていつも通りの(と思われる)往診に回り、午後十二時四十五分に自宅に戻りました。昼食後(午後二時)、リードは再び家を出て、車に乗り込みました。私は後をつけました。医師はホームデイル(の外れ)を三時間ほど車で走って回り、あちこちで停まっては車から降りて、雑木林や茂みに分け入っていきました。こちらの姿を見られてはいけないので、車を降りている医師にはあまり近付けませんでしたが、遠目から見た限りではありますが、終始何かに目を配っているようでした。非常に奇妙な行動です。神経過敏な様子で、びくびくし、興奮していました。午後五時三分に帰宅しています」

以上の報告を受け、私は直ちに令状の執行手続きを取り、リードを拘束してさらなる取り調べを行おうと思います。

もちろん、現段階でリードの奇妙な行動を連続殺人に関連づけられるわけではありませんが、彼の不可解な昨夜の「散歩」とはっきりしない陳述を本日午後の奇行に合わせたところ、少なくとも当分の間は拘束が必要という判断に至りました。副総監殿がこの事件の捜査で緊急逮捕が必要な場合に指示された手順に則って、罪に問います。

第九章

ホームデイルが売りにしている街のよいところは多々あるが、多くの者に言わせると、その中で一番重要なのは〈ほったて木屋《ごや》〉のバーが朝十時に開く事実だという。パーシー・ゴドリー氏が上流向けのサルーン・バーで木のカウンターに寄りかかっていたのは、十時を一分と三十秒過ぎた辺りだった。

「ジョージ！」ゴドリー氏は声を張り上げ、「ジョージ！」フロリン銀貨でカウンターをこんこん叩いた。「ジョージ！　おい、頼むよ、ジョージ！　待たせるなよ！」

ようやくジョージが出てきた。「おはようございます」と挨拶し、「いつものですか？」と尋ねる。

ゴドリー氏は頷いて答える。「ダブルで頼む」

大きなグラスや大量の酒壜に向かい、ジョージが忙《せわ》しなく立ち働く。グラスが満たされるまでの待ちきれない時間をやり過ごそうと、ゴドリー氏はカウンターに置いてあったホームデイル・クラリオンを手に取った。覚束ない指でページをめくり、読み始める……。

「こいつはたまげた！」ゴドリー氏が小さく声を上げた。「一体、何があったんだか！」

ジョージは九分目までを満たしたグラスを客の目の前にそっと置いた。「何があったって、何があったんですか?」
「聞きたまえ」ゴドリー氏は記事を読み上げた。
「ホームデイルの花、失踪す
医者付き調剤師に事件か
マージョリー・ウィリアムズは何処へ?
ホームデイルの花と讃えられるマージョリー・ウィリアムズ嬢が謎の失踪を遂げた驚愕と衝撃の事実が、クラリオン紙の取材でわかった。調剤師としてホームデイル屈指の名医、リード医師の元で働くウィリアムズ嬢は、友人らが口を揃えて言うように、医師の有能な助手でもあった。
先週の金曜(十一月三十日)の午後、ウィリアムズ嬢がひどく興奮した状態でリード医師の家を――医師は午後の往診で不在だった――出る姿が目撃されている。取り乱した原因は家を出る前に応対していた電話だとの証言がある。目撃者によると、家を出たウィリアムズ嬢は、慌てた様子で外套に袖を通そうとしながらマローボーン・レーンに向かって走っていったという。帽子もかぶらず、手に持ったままだった。ウィリアムズ嬢の姿は家を出ていくこの時と、その後、マローボーン・レーンとホームデイル・ロードの交差点で目撃されたのを最後に、跡形もなく消え失せてしまったのである!

以来、行方は杳として知れない。十一月三十日金曜、あるいはそれ以降――土曜か日曜――のウィリアムズ嬢の消息に関する情報を、クラリオン紙を介してか、直接警察に提供してくれた人には、報償金として充分な額が支払われることをクラリオン紙から告知する」

うんざりとして芝居がかった感じがあったにしても、ゴドリー氏は意気揚々とした調子で読み上げを締めくくった。「どう思う、ジョージ？」そう言ってグラスに手を伸ばし、一息に飲み干す。

ジョージは訳知り顔で片目をつぶってみせた。

「もう一杯頼む」ゴドリー氏は空のグラスを突き出した。

ジョージは酒壜相手の仕事に舞い戻った。

「マージョリー・ウィリアムズ？」ゴドリー氏は独言《ひとりご》ちた。「マージョリー・ウィリアムズねえ。おかしなもんだねえ、ジョージ、僕の知らない女の子がホームデイルにいたとはなあ」

今度は八分の七だけ満たされたグラスが、再びジョージの手でカウンターに置かれた。「ああ！」ゴドリー氏は陰気な声を出した。「忘れていることがあったぜ、ジョージ。別刷りの最新記事があるじゃないか。どれ、ちょっと見てみるか！」

ゴドリー氏は二杯目を半分空けると、少ししっかりとしてきた指で新聞を取った。今度は無言で読み進める。新聞にはこうあった。

最新版

警察が著名医師を勾留

マージョリー・ウィリアムズ嬢の失踪に関する警察の取り調べの結果、リード医師がある容疑から勾留されたことを、クラリオン紙から公式に発表する。

直前版

警察の尋問で、リード医師の妻であるリード夫人はウィリアムズ嬢の失踪に関し、夫は事件に全く関与しておらず、絶対に潔白であることを断固として主張。「夫はそういうことをする人間ではありません。この不可解な事件はすぐに解決し、夫を勾留した人たちの責任が早急に問われることでしょう」と、夫人は述べている。

ゴドリー氏はだらしのない唇をすぼめると、小さく口笛を吹いた。

「君は何か知っているかい、ジョージ？」

ジョージは肩をすくめた。その仕草は雄弁だったが、ほのめかしているのはジョージに訊いてもジョージが何にも知らないことは知る価値もないことだ、ということだった。

二

事件は至るところで噂になった。マーケットで、〈樵夫《きこり》〉亭――〈ほったて木屋〉の唯一のライバル――で、工場で、ゴルフクラブで、街角で、裏庭で、応接間や客間や居間で。

「実はな」〈樵夫〉亭のパブリック・バーではジョージ・ファーマーが喋っていた。「俺のフランシーが見てるんだよ。昨日の夜六時頃、家に帰る途中で、デカくてごっつい奴が垣根から飛び出してきたんだと。でっけぇ頭で、ゴブリンみてぇな顔をしてたってよ」

「でも、新聞にゃあ」クラリオン紙をとんとんと叩いてテッド・ローリーが言う。「リード先生がどうのって書いてあるぜ」

ジョージ・ファーマーはかぶりを振った。ジョージ・ファーマーはバーの奥に向かって物思わしげに唾を吐いた。「新聞なんざ信じられっか。垣根から俺のフランシーに飛びかかってきたのは、デカくてごっつい、ゴブリンみてぇな奴だったんだよ」

三

コルビー氏は休暇中だった。言い換えると、仕事には行かず、自宅にいた。心を諸共《もろとも》に奪い去ったあの事件で、職場が一か月の休暇を与えたのだ。氏は休暇中に夫人をホームデイルから連れ出すつもりでいた。だが、今となっては遥か昔の出来事のように思われる幸せな日々にコルビー氏がよく言っていたように、「女心とは不可解至極」なもので、コルビー夫人は不思議とホームデイルのささやかな我が家にいたがった。コルビー氏は夫人の望みを渋々受け入れたが、そのうちに夫人から「何処かに連れていって」と言い出してくれるようにと密かに願っていた。ホームデイルの街角や通りを歩いているだけで、コルビー氏はそこかしこにライオネルの姿を見つけてしまう。我が家はライオネルの思い出の塊で、家の外に出れば、聴覚、視覚、嗅覚からライオネルが蘇る。最近では、無理だとはわかっているけれど、いっそライオネルのことをほとんど考えることがなくなったならどんなにいいかと思うほどだった。ライオネルのことを考えるのはつらすぎた。骨張った冷たい手で内臓を鷲掴みにされるような感覚に襲われる。

居間にいるコルビー氏はただ呆然と、何も感じることなく座っていた。手元に見える安楽椅子の袖の上には――肘掛けで跳ねるのはやめなさいといくら叱っても、ライオネルは懲りずに同じことを繰り返した――日刊に近いペースで発行されるようになったホームデイル・クラリオンの特別版が置かれている。空っぽのパイプを吸いながら、コルビー氏は新聞をじっと見ていた。新聞を読みたいと思ったが、新聞を取り、視野に収めるよう頭が一度ならず命じていたというのに、手が従うことを拒んでいたのだ……。

おかしなことだ！　コルビー氏は思った。先週から、こんなことが幾度も起こっていたことに氏は気付いていた。それがひどくなっているようだ。こんなことでは、いけない……。氏は力を振り絞った。ライオネルを亡くしてからしかめられっ放しの顔で、もっと深い皺が眉間に刻まれる……。手が命令に従った。持ち上がった手が新聞を取って中を開き、目がちゃんと真ん中のページを読めるようにしっかりと支えている……。

コルビー氏は読んだ。しばらくの間、目が読んでいるものは脳に届かなかった。数行に渡る大きな文字列だけをじっと見詰め続ける。だが、その数行に目が釘付けになっている内に、記されている意味が段々と頭の中に染み通ってきた。

コルビー氏は弾かれたように立ち上がった。震える手で新聞を握りしめ、声を張り上げながらもつれる足で廊下に飛び出していく。

「お母さん！　お母さん！」

コルビー夫人のぼんやりとした返事が狭い階段を伝って微かに聞こえてきた。途中で幾度も倒れたが、それすらも気付かずに氏は無我夢中で上を目指した。

コルビー氏は寝室に転がり込んだ。夫人は背を丸め、ベッドの縁に腰掛けていた。この数日で、ふっくらとした夫人の容色はすっかり痩せ衰え、夫人自身も自分の殻の内で萎れてしまったように見える。がっくりと落ちた肩。細い束になって垂れる柔らかな髪。目の下には黒い隈が出来、二度と晴れることのなさそうな曇った瞳がどんよりとした光を湛えている。

「お母さん！」

コルビー氏はよろめきながらベッドに辿り着くと、妻の横に倒れるように座り込んだ。氏は新聞を突き出した。

コルビー夫人は虚ろな瞳をそちらに向け……じっと見詰めた。その目が閉じ、はっと見開かれる。

「信じないわ！」夫人は言った。

コルビー氏の指が開くと、新聞がばさりと床に落ちた。

「どういうことだ！」氏は叫んだ。「どういうことだ！　信じない！　信じないだと！　どういう意味だ、信じないとは！」震える手を伸ばし、床に落ちたクラリオンに向かって、ずんぐりとした人差し指を突き立てるような仕草を小さく繰り返す。「新聞にそう書いてあるんだぞ」

「どうでもいいの」夫人は怠《だる》そうに言い放った。「どうでもいいの。信じないわ」

コルビー氏はベッドからばっと立ち上がった。怒りに満ちた愛嬌のある小さな体は、今この瞬間、ある種の力と威厳を帯びていた。

「もしも目の前に奴がいたら！」コルビー氏は言った。

夫人は疲れ切った顔で首を振った。「どうでもいいの。信じないわ」

コルビー氏は激怒した。「信じない！」荒々しく夫人の口真似をする。「信じないとはどういう意味だね？　……新聞に書いてあるのが見えないか？　奴が逮捕されたんだぞ？　この男がブッチャーだとわかったからだろう？　……ああ、まったく！　――この救いのない世界に正義というものがあるのなら、奴は火炙りになるだろうに」コルビー氏の体に漲っていた力が突然掻き消えた。無慈悲な指に不意に芯を抓《つま》まれ、炎を消された蠟燭のように。氏はベッドの脇に膝を突いた。夫人の膝にぎこちなく頭を埋める。啜り泣きに体が震える。夫人はぼんやりと夫の頭に手を載せると、指で髪を梳いた。

氏の頭上では、夫人の唇がまだ同じ言葉を紡いでいる。「信じないわ！」その唇が突然、聞いたことのない、奇妙な声音を出した。

「その人じゃないわ。だってその人は……人間だもの。……ライオネルを殺した奴は人間じゃないもの……」

夫人の膝の上で、コルビー氏は髪の乱れた丸い頭を稚《いと》けない子供のようにいやいやと横に振った。

四

「ねえ、あなた」と、ライトフット夫人。「私の気持ちがわかって？　先週の木曜にあの男がうちにいて、テッドの喉に薬を塗っていたのよ！　あいつの凶行を止める人なんていなかったから、家族全員が殺されてたかもしれないんだわ！」

「わかるわ、ルーシー」激しく頷いた勢いで、スターリング夫人は塀の手すりに顎をぶつけた。

「あの人、何か怪しいって私もずっと思っていたもの」

スターリング夫人は洗濯紐にかけた夫の毛糸のズボン下に、憎しみを籠めて洗濯バサミを突き立てた。「あの生っ白い顔ときたら、あの黒髪ときたら……」

「わかるわ！　それにあの狂気染みた目！」ぶるりと身震いし、ライトフット夫人は両手で顔を覆った。

五

「わかるもんかよ！」ビルビーは拳で作業台をどんと叩いた。「わかるもんかよ、うちのジャックにしたみてぇに、病気の子供を夜っぴて診てる御仁が――罪のねぇ人々の土手っ腹に刃物を突き刺して回ってる奴だか。わかるもんかよ！」

「わかるだろ、タコが！」ビルビーの同僚が言い返す。「チョーザイイシが消えたじゃねえか。それに、バート・ロジャースが殺された同じ夜に外をうろついてらあ。……そりゃあ、奴がブッチャーだからよ。警察が奴を放免して、男どもに後始末を任せてくれりゃいいのに。ただ吊すよりずっと面白いことになるぜ！」

ふたりの会話に親方が割って入ってきた。その手には、ビルビーと論争中の同僚が作業台の上に広げているのと同じクラリオン紙が握られている。

「まったく」と、親方。「話にならん奴らはすっこんでろ。いいか、この医者先生は自分とこのトーザイシを片付けたかもわからねえが、この医者先生はオームデイルのブッチャーじゃねえ。何でかってぇとな、ビルビーよ、おまえの足が女王さんの足にゃあ見えねえように、この医者先生もオームデイルのブッチャーとは似ても似つかんから、医者先生はオームデイルのブッチャーじゃねえのさ！」親方はビルビーに詰め寄った。腰を屈めてビルビーの顔のすぐ傍まで顔を近付け、骨っぽい指で胸をつついてきたが、その感触はスパナの尻で小突かれたようだった。親方は声を潜めると、悪意を感じる耳障りな声音で囁いた。

「オームデイルのブッチャーにはなあ、ビルビー」と、親方。「目撃者がいるんだよ」

「へええ！」と、ビルビー。

「ああ、本当だとも」親方は言った。「信頼出来る目撃者がいるんだ――俺の義弟だ。おまえが俺の義弟を知ってるかは知らんが、〈おはよう大麦〉社で働いていて、名前はレスリー・トッドってんだ――俺の妹とは同情から結婚したんだが、今じゃあっちが同情される側さ。でまあ、一昨日、レスリーは〈おはよう大麦〉の工場とアットウォーター・ロードの間にある野っ原を通って家に帰るところだった。最近、ブッチャーのせいで物騒な世の中だってうるさいもんで、あいつは口笛を吹いて目一杯に空元気を出しながら歩いていたんだ。そしたら、その空元気さえ鳥肌立てて逃げていくもんが目と耳に飛び込ん出来たんだよ。地面から飛び出してきたとしか思えねぇもんがいきなり目の前に現れ、どんどん近付いてくる。そいつはじいさんで、とんでもなく背が高くて、とんでもなく長い髭のじいさんで、白髪を振り乱して走ってくるじゃねぇか。そいつの右手にはな、ビルビーよ、ぎらぎら光るナイフが握られていた――じいさんは一声叫ぶと、レスリーに向かって跳び――」

「へえぇ！」ビルビーは同じ言葉を繰り返した。

「まあ」親方は相変わらずぞっとさせる声で囁く。「何とでも言うがいいさ。レスリーはぎゃっと叫ぶと、尻に帆掛けて一目散に家まで逃げ帰ったのさ。その時のショックから、あいつはまだ立ち直っていない。夜中に汗みずくになってガタガタ震えながら、ブッチャーが追ってくるって叫びながら目を覚ますんだよ。この先一生、夢の中で奴が追いかけてくる足音を聞き続けるだろうってよ。……おい、何だ、その面《つら》？」

普段の声に怒りが混ざった最後の台詞は、ビルビーの同僚に向けたものだった。

「いや、不思議に思ったんだけどよ」と、同僚。「何であんたの義弟はその血の凍るような体験を警察に話しに行かねぇんだ？」

「義弟はなあ」親方の血相がゆっくりと変わっていった。「救いようのない馬鹿じゃねぇ。おっそろしい体験談をそっくりそのまま話してきたさ！」

「へえぇ！」と、ビルビー氏は言った。

六

「おいおい！」と、ランシマン氏。「頼むよ、友よ！　リードの奴が捕まったなんて、まさか本気で言っているわけじゃないだろう？」

「そうだよ、友よ」カルヴィン氏がやり返す。「私の言ったことを聞いただろう。聞いてないと言うんなら、君は何よりその耳をかっぽじっておくべきだね」

「ははあ！」と、ランシマン氏。「度肝を抜かれたなんてもんじゃないな！」

カルヴィン氏は微笑んだ。「肝だけかい、ランシマン。いっそ腑抜けになるほど、もっといろいろ抜かれたまえよ。だが、そういう話さ。リードはブッチャーである容疑で逮捕されたらしい」

ピゴット＝スミス氏が横から口を出した。「わっがんねえのう。リードみてえなまともな人間が疑われるなんぞ、一体全体どういうわけなんじゃろか」

ランシマンとカルヴィンのふたりに睨まれ、ピゴット＝スミス氏は引っ込んだ。ピゴット＝スミスはしがない隠居老人だが、ランシマンは有限会社ホームデイル洗濯業組合の会長で、カルヴィンはホームデイル電力供給株式会社の支配人である。ランシマンとカルヴィンは仇敵ともいえる間柄だったが、ピゴット＝スミスのような人間に関わる気はないという点で両者の意見は一致していた。

「馬鹿馬鹿しいにも程があるな」と、ランシマン。「くだらん放言じゃないか、君！ リードはブリッジなんかの相手にはいい奴だし、正餐を取る習慣のある、暮しぶりのちゃんとした人間だ。そいつが――わかるだろう、カルヴィン――そんな人間だよ――ブッチャーだなんてあり得んよ」

「どうかねえ」と、カルヴィン。「誰ひとりとしてブッチャーじゃないと言い切れる理由がないよ。ひょっとするとだよ、ランシマン、私がそうかもしれない。もしかすると、君がそうかもしれない。実際、見ていて、君が違うという確信が持てないよ」

ランシマンは不愉快な笑い声を立てた。「いやいや、いつもながら、君の意見は的外れもいいところだな、カルヴィン君よ。何故に警察は何か手を打たないのか、それをわしは知りたいね。警察はこの件に関わらない方がいいんじゃないのか……。とりあえず捕まえておいて、方策は後から講じるというのでは……」

七

以上の会話は、全て十二月四日火曜日の朝に交わされたものである。その日、郵便局に面したマーケットの南玄関口で目立たぬようにぶらついていた四人の男たちが不意に隠れ蓑をかなぐり捨てたのは、マーケットが混み合い、郵便局も忙しくなる午後三時半のことだった。ぶらつきながらも、郵便局の壁面に設置された投函口の上部に目を配っていたひとりが、点滅する赤い光を確認した。彼は道路の向う側から走ってくると、ホイッスルを唇に当て、鋭い音を短く三度吹き放った。

ホイッスルの主はパイクの右腕、犯罪捜査課のカーティス部長刑事だった。他の三人は州警察本部から派遣された私服警官である。

四人の動きはまるで牧羊犬の競技会を見るがごとくだった。短い通りのあちこちを思い思いに歩いていた三十人ほどの中から、それぞれが自身の標的を定める。その標的とはもちろん、この数秒の間にポストに投函するところを目撃されているひとり、あるいは複数人だ。カーティスがふたり、他の者がひとりずつ捕まえ――選ばれた五人を手際よく郵便局の局長室へと連れて行った……。

五人は局長室でパイクのもうひとりの部下、ブレイン刑事と対面した。ブレインはカーティスよりも年若で人当たりもよく、こういった状況を捌く鮮やかな手並みは熟練の域に達している。今も話を始めながら、早速、読み取った五人の印象と感情を頭の中で箇条書きにまとめているところだった。貫禄たっぷりの主婦（憤慨、好奇心）、自分で思っているほど魅力的ではない未婚の娘（不安、興奮）、中年男性（感情を抑制していて、読み取れない）、年配男性（怒れる市民）、十五歳の少年（目を丸くして驚いている）。

ブレインは手短に説明した。ご迷惑をお掛けして非常に申し訳ない。しかし、警察は地域の一員である皆さんの協力を必要としている。簡単な取り決めがあるので、全面的に協力してもらえれば、長く引き留めることはしない……。

一同はしばらくおとなしく話を聞いており、ブレインは全員から名前を聞いた。アーサー・ヒッチン夫人、ユーニス・ドルトン、イズレイル・ゴンパーツ、ダンヴァーズ・クロウリー――。びっくり眼の少年が深く息を吸い、「――ジョージ・ランスロット・エヴァンスです。マーケットで働いています――」と自己紹介をしたところで、車が停まる音が聞こえてきた。窓の外にちらりと目を遣ったブレインはパイクの姿を認めた。

ブレインは五人に「ちょっと失礼」と言い置くと、さっと戸口に向かい、静かに扉を閉めて出ていった。

パイクはちょうど局内に入ってきたところだった。横にはカーティスがいて、警視に正方形の黄色い封筒を渡していた……。

パイクは封筒を破って開けると、中から二枚の便箋を取り出した。カーティスとブレインがパイクの両脇に回り、便箋を開くのを見守る。便箋にはこう書かれていた。

親愛なる警察諸氏へ

最後の手紙で、小生がこれからいかなる仕事も予めお知らせすると約束したことをご記憶でしょう。ああ、どうか興奮されぬよう。この手紙は小生の初めての「予告状」(と言わせていただきましょう)とは呼べないのですが、警察に一切知られることなく遂行された我が仕事と、地元新聞より知った、貴兄らが重大かつ滑稽な間違いを起こした件のことで一筆書き送ったものであります。調剤師(一体、何を処方しているのやら)のマージョリー・ウィリアムズの失踪に関わっているとして、警察はリード医師を逮捕しましたが、それが謂《いわ》れなき逮捕であることは、少なくとも小生には火を見るよりも明らかな事実であります。

マージョリー・ウィリアムズは小生の新たな手法の実験台となりました。この仕事に、小生は最高の満足を覚えております。しかしながら、意趣返しは小生の主義ではなく、リード医師が獄中で朽ち果てていくことも望んでおりません。ですから、マージョリー・ウィリアムズの遺体の在処《ありか》をお教えすることにしましょう。

　ホームデイルから南に向かってバイパス沿いに行くと――バトリーに通じる十字路の直前で――まだ入居者のない新しいバンガローが四軒建っており、その三軒目に入ると、階段の下に扉がきちんと閉まっていない戸棚が見つかります。多分、彼女の片足がつっかえているのでしょう。

　では、警察諸氏、今のところはこれにて失礼を。どうぞ気の毒なリード医師を自由の身にしてやってください。

スポーツマンシップを尊ぶ
ザ・ブッチャー

　カーティスは小声でぶつぶつと何事かを呟き、パイクは「ふうむ」と唸った。便箋と封筒を慎重な手つきで内ポケットに仕舞い込み、顎を擦って沈思黙考する。

　考えがまとまったらしく、パイクは局長室に向かいかけたが、はたと足を止め、ブレインの方にくるりと体を振り向けた。パイクはブレインに言った。

「戻って仕事を続けてくれ。私はカーティスとバンガローに向かう。やることはわかっているな？」

「はい」ブレインはきびきびと答えた。「手紙を投函するところを見られていることを彼らに伝え、投函した手紙の宛先を聞き、郵便局長に照合してもらいます」そこで、ひとつ息を吸った。

「後は、その結果次第です」

パイクは頷いた。「よし。それから、私が戻るまでは誰一人として帰さないように。どんな事情があろうともだぞ、ブレイン！」

パイクはカーティスを振り返った。「制服警官をふたりほど集めてくれ。出発だ」自在戸を押し開き、パイクは車に向かった。

八

バイパス沿いに並ぶバンガローは傾いてゆく冬の日差しを受けてきらきらと輝き、さながら赤煉瓦と白漆喰で出来た、色彩華やかな四つの小箱のようだった。

郵便局を後にして十五分も経たない内に、パイクは三軒目のバンガローの鍵の掛かっていない扉を開け――すぐにブッチャーが（ブッチャーの主義らしく）何ひとつ嘘などついていなかったことを知った……。

狭い玄関ホールに入ると、パイクの真正面に戸棚があった。戸棚の扉は、わずかに開いていた……。

少し遅れて中に入ってきたカーティスが目にしたのは、扉が大きく開かれた戸棚と、かつてマージョリー・ウィリアムズだったものの傍らにひざまずく警視の姿だった。

九

パイクは四十五分ぶりに郵便局の戸を押し開いた。

入口で、疲れ切った顔のブレインが出迎えた。閉じられた局長室の扉の前に、制服巡査が立っている。

ブレインを見ると、部下は首を横に振って応えた。ブレインは言った。

「収穫はありません」ブレインの顔が歪んだ。「まんまと奴に出し抜かれました」

「何があった？」パイクは厳しく尋ねた。

「ここにいる五人の中に」――ブレインは親指で局長室を示した――「マーケットで働いている少年がいます。マーケットには客が買い物中に手紙を出せるよう、出張ポストというものが置かれているんです。そのポストを空け、郵便局のポストに投函するのも、少年の仕事のひとつなんです――」

「その子が今、その仕事をしたと言うんだな？」パイクは苛立たしげに訊いた。「何通あったんだ？」

「二十二通です。黄色い封筒が含まれていたかは覚えていないそうです。他の手紙で全て裏が取れても、出張ポストの分はあまり役に立たないでしょう。何故なら――」

パイクはブレインの言葉を遮った。「何故なら、我々の計略には穴があるから？」

「そうです。ブッチャーは黄色い封筒を別の手紙と一緒に投函すればいいわけですからね」

「わかってる」パイクは答えた。「わかってるんだ」パイクの指が、怒号が湧き起こった局長室の扉を示す。「だが、この中に奴がいる可能性もあるな？　どうだ？」

ブレインはかぶりを振った。「わかりません。まあ、いないのではないかと。ひとり、えらく静かな奴がいましてーーゴンパーツといいます。ちょっと見ていただけますか」

「そうした方がよさそうだな」どんどん大きくなっていく怒声を聞きながら、パイクは答えた。

制服警官の前を大股で通り過ぎ、パイクは扉を開けた……。

中に入ると、目を爛々と燃え立たせ、たてがみのような白髪の下で驚いた七面鳥もかくやとばかりに顔を紅潮させたダンヴァーズ・クロウリーが部屋中に怒鳴り声を響かせ、囂々《ごうごう》と喚き散らしている最中だった。自分の権利を知っており、それを大声で喧伝してやりたい気分らしい。曰く、内務省に従兄弟がいる。内務省の高官だ！　スコットランド・ヤードの思い上がった青二才にどれだけの責任があるかは知らないが、今日のような素晴らしい午後に自分を何時間も監禁し、神聖なる自由を奪うという無礼を働いた件は許されるものではない、従兄弟を通じてどうにかすることも出来るのだぞ、いや、絶対にただでは済まさんからな！　これからどうなるのか、自分には知る権利がある。一体いつからこの自由の国で、警察と呼ばれる成上り者がいけしゃあしゃあと独裁者面をするようになったのだ？　一体どういう権利でーー
パイクが声を轟かせたのはその時だった。クロウリー氏の精一杯の喚き声を遙かに上回る声量で発せられた、口を閉じろと命ずるパイクの一喝は、一声で氏を黙らせるほどの迫力だった。

「では、よろしいか」パイクの声量が通常の大きさに戻ったが、声音は冷ややかだった。「どちらかを選んでいただくことにしよう。被疑者として適切な振る舞いをし、事情聴取に協力して警察から感謝されつつ、今、ここを去るか。あるいは、巡査に身柄を任せ、州留置所行きになって、今、ここを去るか……。ひどく簡単なことですからな」最後に、パイクは嘘を付け足した。「公務執行妨害を適用するのは」

　クロウリー氏はさっさと帰らせろという命令を押し通すことなく帰っていった。氏の退場でほっと胸を撫で下ろしたパイクは、いつもの人当たりの良さを取り戻し、残る四人の投函者と話を続けた。

　後は何の問題もなく進んだ。ヒッチン夫人は不機嫌だったが、それはクロウリー氏のすぐ傍で四十五分間も耐えなければならなかったせいだった。ドルトン嬢は人好きのする可愛らしい女性で、心底から警察の力になりたがっていた。ジョージ・ランスロット・エヴァンスは、自分が仕事に戻れなかった理由が嘘ではないことを証明するために、誰か偉い人から口添えをもらえないかと気の毒な様子で頼んできたが、きっとそうすると請け合うと、ぱっと笑顔になった。

　そして、口にした返事は二言だけ、微笑みながらも黒い目までは笑っていないゴンパーツ氏はこの上なく礼儀正しかった。

　パイクは帰っていく四人を見送った。四人は面倒なことにはならなかったが、空振りに終わったのも事実だ。収穫は何ひとつない。パイクはゴンパーツ氏を怪しみ、それから、疑いの目を向けるなんてどうかしてると思い直した……。

パイクはどっと疲れを感じた。誰かが何処かで自分を笑っているような奇妙な感覚が振り払えない。笑い声が聞こえてくるようだった。

第十章

マージョリー・ウィリアムズの発見後、ホームデイルの神経はぴんと張り詰め、住人は非常な緊張感の中で、何事もなかった続く二日間を耐え難い気持ちで過ごした。水曜の夜には早くも、この緊張感を打ち破るのは新たな恐怖しかないという逆説的な空気が街に蔓延する事態に陥っていた。

リード医師が釈放されたということは、ブッチャーがいまだ正体不明で野放しになっているということであり、その一報にホームデイルは浮き足立った。街と住民との間に渦巻く様々な感情の中で、何よりも強力だったのは猜疑心だ。多くの者が隣人を疑った。（前にパイクの報告にあったように）自分自身を疑う者まで出た。そして、一見で何者かわからなかった人間が即座に疑いを掛けられたのも、当然といえば当然だった。

そのいい例証となるのがウィリアム・リチャーズの一件だ。火を貸してくれと気安く呼び止めてきた相手に対し、いきなり傷害行為に及ぶと、駆けつけたパトロール警官に制止されても、なお暴力を振るい続けた。その被害者は見知らぬ人間どころか、警官の言う通りに落ち着いてよく見れば、マーケットのレジ係だとすぐにわかったはずなのだ……。

もちろん、ホームデイルの精神状態が反映された行動の数々は、猜疑心によるものばかりではない。住民同士が無益な監視をし合った。教会信徒の集まりや社交クラブ、組合のようなところで抗議集会が開かれた。某氏の挙動がどうも怪しいと、某夫人から噴飯物の（時に悪意の籠《こも》った）通報が警察に寄せられた。

極めつけは、ホームデイル・クラリオンに留まらず、マーキュリーやプラネット、ルッキング・グラスといったロンドンの大手新聞にまで及ぶ、「納税者」、「怒れる市民」、「犠牲者」、それから「プロ・ボノ・パブリコ（公共の利益のために）」を名乗る者たちからの投書である。

全国の人々がブッチャーとそのおぞましい所業に対して怖いもの見たさの関心を抱いていることは、（新聞の大見出しや社説に加え）こうした意見表明の場への噴出で測ることが出来た。その関心は大きくなると共にどんどん要求を増やしていき、十二月五日の下院議会では内務大臣がこのたったひとつの議題で全議題の一週間分を上回る量の質問攻めに遭っていた……。

しかし、この熱狂とは裏腹に、ホームデイルの日常生活は外の世界同様、変わることなく続いていった。好天に恵まれた澄んだ空からは、冬の太陽の晴れやかな日射しと銀月の冴え冴えとした光が代わる代わる降り注ぐ。ならば、あの熱狂は共同体の集団幻想というもので、ホームデイルに暗雲が重く垂れ込めたように感じられたのも、きっと集団幻想による錯覚だったのだろう……。

二

その週の木曜日の朝、ロンドン警視庁犯罪捜査課のアーノルド・パイク警視はフォーツリーズ・ロード十二番地にあるマラブル嬢が経営する下宿の「ラウンジ」で腰を下ろし、ミリセント・ブレイドと汽車ぽっぽ遊びに興じていた。

ミリセント・ブレイドはオーガスタス・ブレイド夫人の三歳の娘だ。ミリセント・ブレイドの父親はインドにいて、パイク警視がミリセントからよく聞いていた通りに言えば、汽車ぽっぽが走るすごく長い道路を造っている。

ミリセントがルールを作った汽車ぽっぽ遊びは、遊び相手に生き生きとした想像力と強靱な筋肉、底なしの忍耐力、鉄道暮らしに関係した不愉快な音をそれなりに再現出来る能力を要求する、大変な遊びである。

アーノルド・パイクはそういった資質を全て十二分に備えているようだった。彼の唇からは〈空飛ぶスコットランド人《フライング・スコッツマン》〉（ロンドン－エディンバラ間を走る急行列車）の蒸気音そっくりの音が漏れた。両腕の動きもピストンそのものだ。ちょくちょく彼の口から飛び出す、架空の路線にある架空の駅名を告げる耳障りな声音も……。

ミリセント・ブレイドの母親、モリー・ブレイドがラウンジにそっと入ってきた時、パイク警視の快速急行は、列車を通すために高いアーチを持つ長いトンネルに束の間の早変わりを果たしたところだった。鉄道と鉄道の機能に関するミリセントの博識振りにパイクは驚かされた。三年間といえど、人生の四分の一近くを客車で過ごしてきたミリセントの人生経験を、どうやら見くびっていたようだ。

「ミリセント！」母親が声をかけた。「ミリセント！　ご迷惑よ！」

トンネルが崩壊し、機敏な身ごなしで、落ち着いた色合いの青いスーツに身を包み、ぴかぴかの編み上げ靴を履いた男の姿をさっと取り戻した。男の痩せて浅黒い顔は突然の紅潮で色濃さを増している。

のろのろとだが、ミリセントも立ち上がった。彼女は不機嫌な汽車だった。どんな汽車だって目の前のトンネルを突然奪い取られたら不機嫌になる。ミリセントは腹立たしげな視線をパイクに向けた。

モリー・ブレイドはトンネルから人の姿に戻ったパイクに微笑みかけた。

「ご迷惑でしたでしょうに、お優しいんですね！」

パイクはもじもじした。両手をポケットに入れ、すぐに出す。靴に落とした視線を、今度は天井に振り向ける。彼は言った。

「とんでもない、ブレイド夫人、決してそんなことはありませんよ」パイクはふくれっ面のミリセントに目を移した。「楽しいものです。本当ですとも」パイクの目が部屋のあちこちを彷徨ったが、モリー・ブレイドの微笑を湛えた青い目だけは避けていた。

「それでもやっぱり」モリーが言う。「お優しいことに変わりはありませんわ。今なんて特にお忙しくて――その、やることがたくさんおありでしょうに」

その言葉に、パイクは耳障りな笑い声を短く漏らした。「忙しい！」そう呟き、また笑う。「忙しいか！　そうだったらどんなにいいかと思いますよ、ブレイド夫人。いっそ、この可愛らしいお嬢さんのお相手をする時間もないほど忙しければと思ってしまうくらいです。……忙しいか！あなたはそう仰いますが、ブレイド夫人、忙しくしているべきなのに、今の私にはそれが出来ないんですよ」パイクの目はモリー・ブレイドの瞳をまっすぐに見詰めていた。決まり悪さで赤面していた顔色は元に戻り、汽車ぽっぽ遊びの間は消えていたしかめ面に立ち返っている。長い沈黙を挟んだ後で、パイクは言った。

「いつも言っていることですが――仕事があるなら、私は真摯に取り組むだけです……。でも、今の状況ではそうはいかない。今だけは！　……あなたもそうと知っていたら……」

「でも、わかっていて言ったことですし、わからなくとも推測出来ますわ」青い瞳は思いやりに満ちていた。疲労と苦悩で参り、自信を喪失している男に気力が湧き上がってきたのは、その温かな心遣いのおかげだろうか。

パイクは自分の時計を見た。「それでもやはり、ブレイド夫人」パイクは言った。「あなたのおかげで思い出せたのですから、御礼を言わせてください。失礼して、出掛けなければ……。少なくとも、顔を出すぐらいは出来るでしょう」身を屈め、ミリセントにキスをする。しゃちこ張ったお辞儀は――中途半端なところで背中をひょいと曲げた、奇妙なお辞儀だった――ミリセントの母親へ。パイクは長い足できびきびと部屋を出て行った。部屋の戸がそっと、しかし、きっちりと閉められ、やがて、玄関の扉が開き、閉まる音がモリー・ブレイドの耳に届いた。

彼女は娘の傍らに膝をついた。「楽しくお遊びしてたのね」

ミリセントはしかつめらしく頷いた。「いいひとよ」ミリセントは言った。「いいきしゃだわ！」

三

ジェフソンが住む白いコテージへと続く小さな緑色の門と街灯のすぐ傍まで近付くに連れ、パイクは浮かない気分になっていった。州警察本部長の旧式のダイムラー・サルーンが、門前で緑色の大きな車体を縁石に寄せていたのだ。本部長ひとりならパイクは苦もなくあしらえるが、ふたりの副官が揃うと、その煩わしさは異常なまでに増大する。緑のダイムラーが何人乗りで、今朝は何人を乗せたものかは神のみぞ知る。パイクは門を開けて小径を辿ると、半開きになっていた玄関扉を押し開け、居間から警察署へと日増しに趣を変えていく右手の小部屋に入っていった。本部長はデイヴィスとファローを連れて来ていた。ジェフソンの公務机の前に腰を下ろした本部長の隣には、家主であるジェフソンが巨体を椅子に座らせ、場に相応しく沈黙している。本部長の肉付きのよい顔にやつれた様子はないが、顔色が優れない。今日の本部長は蒼褪め、緊張感のない顔に今までなかった皺を刻んでいる。デイヴィスに変わりはない。上級曹長のような、肉の削げた顔をした男である。がっしりとしたファローは、目敏いパイクにはいつもより少し間が抜け、おとなしいように感じられた。

部屋に入ったパイクは、家の前の小径を歩いている時から今の今までがやがやと聞こえていた話し声が自分が現れた途端にぱたりと止み、待ちかねたような、しかし幾分威嚇するような沈黙に変わったことに気付いた。

一同は不躾にならない程度の素っ気ない挨拶でパイクを迎えた。本部長に勧められるまま、パイクは本部長と向かい合う席に腰を下ろした。パイクが来るまでデイヴィスとファローも座っていたはずだが、今は本部長から一歩下がった位置で両脇を固め、背筋を伸ばして立っている。挨拶が一通り終わったところで、本部長の目がパイクに据えられた。

「それで？」本部長が訊く。

パイクはぽかんとした顔をわざと作った。「何か報告することはないかとお尋ねでしたら、残念ながら芳しい返事は出来かねますね」

本部長は爪でかつかつとジェフソンのテーブルの端を叩き、こう言った。

「私が訊いているのは、警視殿、警察が今、何をしているかですよ」

パイクは肩をすくめた。今朝は平静を保ち通せるか自信がない。彼は言った。

「今、何をしているかは全てご存じかと思いました。本部長殿のご提案以外で、私がやっていることは何もありませんよ。もちろん、ポストの件は別として――あれは上手くいきませんでしたが……」

ファローが喉詰まりを起こしたような音を漏らし、同じ音がデイヴィスからも聞こえてきた。

本部長はまたもテーブルをどんと叩いた。「つまり、警視殿は、警察がこの――異常者に……好き勝手を続け……続けさせ……許している状態だと言っておられるのか？」

パイクは唾を飲み込んだ。二度目に差し挟んだ沈黙は最初のものよりも長かった。彼は言った。

「そういうことになりますね。……今のところは」

本部長はパイクをじろりと見た。次の瞬間、本部長は周りが思っているよりも愚鈍な男ではないことを示してみせた。こう言ったのだ。

「あなたは奥の手を隠しているのでしょう、警視殿。もしそうなら、我々も知っておくべきだと思いますよ。我々を徹底的に蚊帳の外に置く、あなたのその秘密主義ぶりには感心しませんな」

本部長の言葉にパイクは一瞬たじろぎ、少し考えてからこう答えた。

「申し訳ありませんが、仰る通りです。私のやり方が間違っているとお思いでしたら……」

「そういうことではないのです……」パイクの率直な切り返しに、本部長は気まずそうな表情を浮かべた。「私はただ……。ともかく、警視殿、私の方で受けた提案がひとつ、ふたつありますので、早いところお伝えしようと思いまして」

パイクは足を組んだ。その目が、本部長をひたと見据える。「もちろん、お伺いします。この事件の解決に向けた意見なら、実際的な提案をいただけるのなら、何であっても傾聴いたしますよ」

本部長は咳払いをすると、右肩に控えているファローを一瞥した。本部長は口を開いた。

「まずですね、警視殿、経費は度外視でパトロール隊を倍増させる案が出ています」

「その人員は何処から調達するのですか?」と、パイク。

本部長は頬を膨らませると、ふうっと音を立てて息を吐き出した。

「いや、あんた!」と、本部長。「頼みますよ! 発足してからこっち、パトロール隊がどれだけの有志を集めているか、知っているくせに! よく考えたら、そっちが知ってるってことをこっちだって知っているじゃないか。前回顔を合わせた時、その話をしてたのだから。……ジェフソンから先刻聞いたのですが、この四十八時間でジェフソンの元には今までの合計の倍近くに上る志願が寄せられているんですよ――」そこで本部長ははたと口を噤み、パイクを睨みつけた。

というのも、パイクが首を振ったからだ。そして、こうも言ったのだ。

「パトロールの全面廃止を検討しているところです……」

ファロー警部補が鼻を鳴らし、今度はデイヴィス警部補もはっきりそれとわかる忍び笑いを漏らした。

本部長は賢明にも、後ろから聞こえてきた雑音など全くなかったような素振りで先を続けた。

「あんたの言うことは滅茶苦茶だな! 道理もへったくれもあったもんじゃない!」言い募る顔が怒りで歪む。

パイクは自分の内に、椅子から立ち上がって本部長の目の前にある大きなインク壺を取り、その禿げ頭の上で中身を全部ぶちまけてやりたいという衝動があることに気付いた。それを鉄の自制心で抑え、こう言った。

「よろしければ、説明いたします。パトロール隊を増員すべきではないと思う理由は、全面廃止すべきだと考えることも間々あるのですが、ブッチャーに素晴らしい隠れ蓑を無償で提供することになるからです。結局のところ、我々が相手にしているのは、ホームデイルの表も裏も、隅から隅まで、自分の庭のように知り尽くしている人物——おそらくはここの住民なのです。ですから、警察がホームデイルの健康で丈夫な男子全員に特別巡査の腕章を与えだしたら——奴の思う壺ですよ。欲しがっている隠れ処を与えてやるんですから！」

本部長は目を剝いた。背後に控えるふたりは黙りこくり、身動きすらしなかった。

「欲しがっている隠れ処を与えることになるのです」パイクは繰り返した。「いつまでも、こんなことを続けているようであれば！」最後の言葉は池に投げ入れられた銑鉄の塊のように沈黙の中に沈んでいった。単語のひとつひとつが作りだした波紋が目に見えるようだった。

本部長は椅子の上で落ち着かなく身をよじった。そして、ゆっくりと言った。

「そちらの言い分はわかりました、警視殿……。しかし、考えすぎでは？　はっきり言って、不愉快だ！　私はホームデイルには住んでいないが、ホームデイルのことは知っている。あんたは私が潔白かどうかわからないと言ってるように聞こえるぞ！」

「失礼を承知で言わせていただければ」パイクは断固とした口調で言った。「正にその通りです」

「はあ⁉」本部長が鋭い声を上げ、動こうとしたファローの腕を、デイヴィスの手が押さえて止めた。

「誤解しないでいただきたいのですが」と、パイク。「私にはブッチャーのことは、私と私がここに連れてきた者ではあり得ないということしかわかりません。それだけの話です。しかし、我々からしてみれば、この街の住民と関係者全員で、ブッチャーである可能性がない者はひとりもいません。おわかりいただけるでしょうか。この男は最も危険な部類の異常者――言ってみれば、一見では異常者とわからぬ異常者であることをお忘れなきよう……。あなたや私が毎日顔を合わせているような人間です――おそらく、実際に毎日顔を合わせているのでしょう。いざ正体がわかってみれば、我々全員に途轍もないショックを与えるかもしれない、そんな人間なのです！」

小さな部屋ではしばらくの間、物音ひとつしなかった。

その静寂は遂に本部長の咳払いで破られた。本部長はもごもごと言葉を続けた。「ごもっともですな、警視殿」その声には気恥ずかしげな響きがあった。「では、後もうひとつだけ、ここにいるデイヴィス警部補の提案なのですが。昨夜、デイヴィス警部補から、住民の安全を考えれば、何としてでも夜間外出禁止令を施行すべきではという意見がありまして。……どう思われますか？」

今回は即答だった。「検討したことはあります。私は反対です」

「反対！」本部長はぎょっとした。「なんとまあ！　いい案じゃないですか。街に人がいなければ、狂人も手出しが出来ないのでは？」

パイクは頷いた。「そうですね。しかし、ブッチャーが全く手出し出来ないほど厳重な安全対策を施したところで、奴はそのまま潜伏するか、あるいは、何処か別の場所に行くだけですよ。後者はないと思いますが、前者の方法を採るのは確実でしょう。この紳士は抜け目のない男です。

もしも奴が潜伏を決め込んだら、警察はどうすれば？　ホームデイルはどうなります？　窮地に立たされるばかりですよ！　毎日毎日、いつまでもこんなふうに予算を注ぎ込めるわけもありません。ブッチャーの凶行が収まって一か月ほど経てば、特別動員された警察は引き上げられ、安全対策も全て取り払うことになるでしょう。その間、ブラックプールみたいな保養地で二週間ほど休暇を楽しんできたブッチャーは、そこでまた犯行を再開し、警察も同じ措置を取らねばならなくなります。今のやり方では誰も守ることは出来ません……。このままでは駄目なのです。このゲームには、科学者のやり方で臨まなくては。必要なら、もうひとり、ふたり、あるいは三人でも、ブッチャーに遭遇させる危険を冒します――奴を捕まえるために、それだけのことをしなければならないのです。奴の手掛かりを全然摑めていない現状で、ブッチャーが絶対に手出し出来ないような状況を作ってしまったら……」

そこで言葉を切り、肩をすくめる。それだけで何を言いたいかは伝わった。

小さな部屋に、再び静寂が降りた。

静寂を破ったのは室内の人間ではなく、ジェフソン家の前庭の板石敷きの小径をやってくる重い足音だった。本部長は――どんなに些細なことだろうと、場の空気を変えてくれるものは大歓迎といった様子で――椅子の向きを変えると首を伸ばし、ジェフソン夫人がかけたレースのカーテンの間から窓の外を窺った。

「郵便だ」本部長は少しうんざりしたように言った。

その言葉にパイクははっと顔を上げると「郵便ですか？」と聞き返し、あっという間に部屋を出ていった……。

パイクは一通の手紙を手に戻ってきた。封筒がちらりと見え、椅子から跳び降りて机の向う側へと突進する本部長のすぐ後ろを、肩越しにでも覗こうと首を伸ばしながら、ファローとデイヴィスが追いかける。

パイクの口調は重々しかった。

「本部長殿が『郵便』と仰った時に、何かがあったことがわかりました」本部長を見てパイクは言った。「この街の配達時刻は全て頭に入っています。今はその時間ではありません。……しかし、郵便局長がこのような手紙を見つけたらすぐに転送するよう……」

「早く開けてくれ！」と、本部長。「頼むよ、早く！」

パイクは開封した。親指と人差し指が封筒から摘みだしたのは、一枚の黄色い真四角の便箋だ。それを、ゆっくりと、時間をかけて一度黙読する。それから、声に出して読み上げた。

親愛なる警察諸氏へ
お約束した通り、小生のささやかな次なる〝仕事〟の予定をお知らせいたします。実行は十二月七日、金曜日――つまり、警察諸兄よ、明日であります。でなければ、貴兄らがこの手紙を読んでいるその日でしょう。

哀れみ深き

ザ・ブッチャー

追伸――警察のどなたがこの手紙を読むかはわかりませんが、スコットランド・ヤードのアーノルド・パイク警視でなければ、読んだ方はスコットランド・ヤードのアーノルド・パイク警視に小生からの敬意と、くれぐれもどうぞよろしくとの挨拶をお伝えください。小生の愚見を申しますと、スコットランド・ヤードのアーノルド・パイク警視は早々に転職を考えられた方がよろしいのではないでしょうか。警視殿は刑事に向いておられません！　とは言っても、向いている人がいるとも思えないのです。

第十一章

一同はまだジェフソン家の一室にいた。立ち上る紫煙で、室内には薄青い靄がかかっている。郵便配達夫がブッチャーの最新の手紙を届けてから一時間になる。その間、ブッチャーの犯罪予告を完全阻止するために採るべき手立てをめぐり、彼らは穏やかとは言い難い議論を戦わせていた。

パイクはほとんど議論に参加していなかったが――考え事に没頭していたパイクには有り難いことに――本部長とふたりの部下の間で意見は割れた。さらに言うと、部下同士でも意見は一致しなかった。本部長は、警察命令で直ちにホームデイルの住人に明晩七時以降、あるいはもっと早くからの外出を禁じ、自宅に留まらせるべきと主張した。デイヴィスは本部長の案に賛成したが、彼の提案はもっと厳しいものだった。外出禁止令が施行される時刻に街にいる住民の禁足はもっと早くから、例えば午後四時ぐらいから始めるべきと主張し、それを何度も繰り返した。仕事や遊びで帰りが遅くなる者については、ホームデイルの入口――鉄道か道路のふたつだが――に検問所を設け、しばらく留め置いた後、まとめて家まで送るのである。

驚いたことに、ファローの考えはふたりとは全く違っていた。ふたりの意見に異を唱えるファローの目は、卓上に跳ね散った黄色い汚れのようなブッチャーの手紙にずっと視線を向けており、彼がパイクの方針に宗旨替えしたことを窺わせるその様子に、パイクははっとした。この手紙が届いて以来、ファローは人が変わったようだ。切れ者とは言わないまでも、今のファローは時間はかかるが理に適った考え方が出来る男だった。パイクには目を向けず、ファローは厳しい外出禁止令案に断固として反対した。本部長をひたと見据え、言った台詞はこうだ。

「それはまずいです。下手を打つに決まってます！　特別巡査や消防隊、正規警官の中にすら、奴は絶対に紛れ込むでしょうよ。夜間外出禁止令で住民を家の中に閉じ込めたら、そいつに――万が一でも、ブッチャーがその中にいた場合――絶好の機会を、わざわざ据え膳を用意してやるようなものです！」

デイヴィスは首を振った。一拍遅れて、デイヴィスが師と仰ぐ本部長も同じ仕草をした。

「おまえは間違っているよ、ファロー」本部長は言った。「大間違いだ。おまえの言う通り、確か警視殿も先ほどそう仰っていたと思うが、ブッチャーが特別巡査やらの中に紛れていたとして、夜間外出禁止令の敢行でまた奴が犯行に及んだとしても、我々には犯人の目星がついている、違うか？　それは立派な成果ではないかな、なあ、デイヴィス？」理路整然とした論法に得意げな表情を浮かべると、本部長はデイヴィスの方へ頭をめぐらせた。

デイヴィスが大きく頷く。本部長は勝ち誇った顔でアーノルド・パイク警視を睨《ね》めつけた。

「どうですかな？」本部長は言った。「どうですかな？　間違っていますか？　ええ？」

あまり身を入れずに話を聞いていたパイクは首を振って応えた。

「申し訳ありませんが、同意しかねます。私はファロー警部補を全面的に支持します……」

「何？」と、本部長。「何だと？　どういう意味だ？」

「私は」パイクははっきりと言った。「本部長殿とデイヴィス警部補の案には反対です。ファロー警部補の案に賛成します……。もしも明晩、あなたたちが仰る外出禁止令を敢行し、殺人が起こったとして、パトロール隊の中から犯人捜しをすればいいという考え自体が大きな間違いです。パトロール隊から見つかるわけがありません……。このブッチャーという奴は、頭が切れる人でなしです。そのことは本人が一度ならず何度も証明していますし、本当に賢い男ならば、そうですね——パトロール隊には関わらず、それでも外出して仕事を遂げるでしょうね。そして、見当違いの追求をしている警察を、陰で笑っていることでしょう」

またも続いた沈黙は、結局、本部長によって破られた。

「夜間外出禁止令は賛成が二票、反対が二票。私とデイヴィス対あなたとファローだ」本部長がパイクに向けた一瞥は、パイクが代表している組織への恭順とパイク自身への個人的な敵意が綯《な》い交ぜになったものだったが、ファロー警部補を見る目には怒りしかなかった。

ファローは赤くなった。決まり悪さをごまかすために咳払いをし、重い体重を支える軸足をそわそわと入れ替える。

パイクは身じろぎひとつしない。ただ、ひとつ頷いた。

「仰る通りです。私とファロー警部補の意見対あなたとデイヴィス警部補の意見です」パイクの言葉に本部長がたじろぐ要素は何ひとつなかったというのに、それでもどういうわけか本部長はぎくりとした。本部長は一瞬だけ視線をぶつけてくると、顔を赤くし、こう言った。

「譲るつもりはなさそうですね、警視殿」

パイクは答えた。「はい……全く」

また沈黙が続いた……。しかし、無言を貫くことさえパイクは本部長よりも上手《うわて》であり、根負けしたのは本部長の方だった。

「よくわかりました、警視殿」本部長は色々な感情が混じった掠れ声を出した。「それで、あなたのご提案は？」

パイクは考えた。「今はまだ、どうでしょう。何もないかもしれませんね。この最新の予告だけに囚われるような愚考に陥るのは断固として避けなければなりません。こう申しては何ですが、本部長殿はその失敗を犯そうとしているように思えます」

本部長が身じろぎすると、椅子が軋んで大きな音を立てた。口を開け、何かを言おうとしたちょうどその時、家の前の小径をやって来る高らかな靴音が聞こえ、ジェフソン家のノッカーがこんこんこんと小気味よく鳴らされた。

ジェフソンが直接玄関に出向き、すぐに戻ってくると本部長の目の前にやって来た。「フィンチさんです。オームデイル・クラリオンの編集者の。本部長と一言話がしたいそうです。ちなみに、拒否は受けつけないと仰っています」

反射的に睨みつけたものの、この横槍を本部長は歓迎しているようだった。すぐさま態度を切り替えたところから、おかげで本部長が窮地を脱し、縋れるものなら藁でも何でも摑むつもりでいることが見て取れた。

「構わん！　お通ししろ！」

ジェフソンは戸口に戻り、扉を開けた。フィンチ女史が一同に加わった。

いつもながら、女史は地味ではあるものの、抜群に洗練された格好をしていた。入室の際、女史は会釈をしてジェフソンの前を通り過ぎた。本部長にはごく軽くお辞儀をする。そして、この街に事件捜査で赴いてからホームデイル株式会社で幾度も開かれている会合で一度顔を合わせたアーノルド・パイク警視には、一瞬だけぱっと顔を輝かせ、満面の笑みを向けてみせた。世故に通じたフィンチ女史は本部長と話しているという体裁を繕いながら、この話は本当はパイクの耳に入れたくて来たのだということを暗に伝えてきていた。

「こんなふうに押しかけて、本当に申し訳ありません、サー・ジェフリー。実は、たった今、編集部に届いた手紙がありまして、これは出来るだけ早く警察の方に見せるべきだと思いましたの」フィンチ女史の真剣な面持ちが一瞬和らいで緊張感の取れた微笑みを浮かべると、その顔はずいぶん若々しく見えた。本部長は席を立った。女性に対してはまめな男である。フィンチ女史は特に好みのタイプだった。感じのよい顔立ちで、身だしなみに気を遣い、ちゃらちゃらした感じのない落ち着いたお洒落の出来る洗練された女性。自立した才媛というか、むしろ〝自律〟した、サー・ジェフリーをいとも容易く管理してくれそうな女性である。何より、フィンチ女史の美しく、きらきらした暗褐色の瞳が堪らなかった。

本部長は前に進み出た。ジェフソンが持った椅子を取り、フィンチ女史のために席を設《しつら》える。

女史の手からバッグと、ホームデイルの者なら彼女が手放すところを見たことがない傘を引き取ると、荷物をパーラーチェアの下に片付け、来訪者の元に戻った。その間の中断などなかったように、本部長は女史の言葉に答えた。

「構いませんとも、フィンチさん、謝る必要なんて全くありません……。我々は警察の仕事のためにいるのです。今までに何度も警察の力になってくださったあなたに、我々も出来る限りのことをするのは当然です……」勿体ぶった態度である。

多忙なフィンチ女史は本部長の長広舌を遮った。彼女は歯切れよく言った。

「こちらに伺わなければなりませんでしたの。つい先刻、郵便局の子がこれを渡しに編集部までこっそりやって来まして」見事なツイードのコートの脇ポケットから取り出されたのは、右下がりの角張った字で表書きが黒々と記された真四角の黄色い封筒だった……。

本部長の海老のような眉の下で目がはっと見開かれた。少しの間、愕然とした面持ちでフィンチ女史の指に挟まれた封筒を食い入るように見詰める。気を落ち着け、手紙を受け取ろうと手を伸ばしたが、その目的が果たされることはなかった。本部長が指を閉じる前に、横からすいと伸びてきた手が封筒をさらっていったのだ。手の持ち主はパイクである。パイクは言った。

「失礼……。これは私の方でまとめて保管させていただきます。開封しましょうか？」

同意は当然得られるものと決め込んだ態度で、パイクは本部長が口を開くのも待たずに封筒をテーブルに運んでいくとポケットナイフを取り出し、今まで同様、細心の注意を払い、封筒の蓋に刃をそっと滑らせた……。

封筒の中には、少し斜めになったが卓上に広げられたままの、ジェフソン家のテーブルに出来た黄色い染みのような手紙とそっくり同じものが一枚入っていた……。

「しかし、一体どうやって」重い口を開き、本部長はフィンチ女史に尋ねた。「朝のこの時間に手紙を受け取れたのですか？　我々も警察宛のを受け取りましたが、それはここにいる警視殿が特別に配達してくれるよう手回ししたからで……」

フィンチ女史は本部長の言葉を遮った。にっこりと笑い、無礼をごまかす。女史は言った。

「申し訳ありません、サー・ジェフリー、それは企業秘密というものですわ。けれど、他ならぬ本部長様からのご要望ですし――こんな――何というか――由々しき事態ですから、お教えいたします。私、ちょっとずるをして――犯罪みたいな手を使ったのです。それで、皆さんと同じように、この――この忌まわしい手紙をすぐに配達してもらったのですわ……。つい先刻この手紙が届いて、これはどうしても警察にお見せしなければと、いても立ってもいられなくなりまして」

「そうでしょう、そうでしょう」と、本部長は言い、フィンチ女史ににっこりと笑いかけると、こう付け加えた。「お仕事の途中で手ずから手紙を持ってきてくださるとは、あなたの公共心に富んだ行動に、心から感謝を申し上げるよりありません。まさか我々のところに警察宛の一通が届いているとは思いも寄らないことだったでしょうから」

本部長の中の義務感が色男を押し止め、立ち上がって、感謝はしているが、用が済んだならもう帰って欲しいと思っていることをはっきりと態度で示した。

しかし、フィンチ女史は全く違うことを考えているようだった。女史は言った。

「サー・ジェフリー、少し相談したいことがあるのですけれど、よろしいでしょうか……この手紙をうちの新聞に載せたいと思っているのですけれど。状況次第では新聞掲載が危険を招いたり、公共の利益に反する可能性があることは重々承知しておりますが、私が世間に公表することで警察の捜査に少しでもお役に立つのなら――喜んでご協力したいと思っておりますの」そこでフィンチ女史は一度言葉を切ると、屈託なくふふっと笑い、釣られて本部長もにっこりと笑い返した。だが、言葉を返すまでは出来なかった。パイクが何気ない調子で口を挟んできたのだ。

「失礼ながら、この手紙を世間に公表して益があるかどうかがわかるほど、我々はまだ充分に話し合ってはいないのではないでしょうか。警察とこちらのご婦人の両方にとって、今の状況で我々に出来る最善のことは、掲載許可が出せるかどうか、二時間以内に返事をすることでは？」

本部長ははっとして、少しの間目を見張っていた。そして、こう言った。「そう――そうですな……全く……そうです……その通り」来訪者に向き直る。「フィンチさん、こちらの警視殿の仰る通りです。我々は――その――会議中でして。さらに対策を講じなければなりません。こちらで諸々が決まるまで、胸の内に留めておいてくださると有り難いのですが」

フィンチ女史は立ち上がった。てきぱきとして実際的な女性である。それは充分承知していると、女史は朗らかに答えた……。女史は戸口で振り返ると、どうかきっと「クラリオンにお電話」をくれるようにと念を押した。こういった猟奇的な事件では、新聞は警察の力になるのなら道理に適ったことなら何でも、時には危ない橋を渡るような真似だってするけれど、こちらだって生活が懸かっているのだから、それなりの返礼というものを期待していることをお忘れなく。何が言いたいかと言うと、最終的にブッチャーが寄越した最新の生の声を新聞に掲載させる見通しが立たなかった場合、警察は代わりに何を提供してくれるのか？　自分は明日の特報版を是が非でも出したいと思っている。特報版の発行は余分な仕事が大量に増えるのだから、クラリオン紙というより、地元で起きた事件を地元発信の記事で読みたいという街の人々が望んでいることなのだ……。

フィンチ女史を玄関まで送りながら、警察からフィンチ女史とクラリオン紙に「提供」出来るものがあれば、自分の権限できっと知らせると本部長は約束した。クラリオンから魅惑的な微笑みをもらった本部長は、意気軒昂と厳しい仕事に戻っていった。

部屋に戻ると、デイヴィス警部補がむっつりと窓の外を眺め、パイクとファローは額を寄せ——いきなり、不思議な同盟が結ばれたものだ——声をひそめて話し合っていた。話しを終え、パイクがファローから離れる。彼は無言で部屋の隅に行くと、ジェフソン夫人が予備にとたくさん置いてあるテーブルから自分の帽子を取った。

「私はこれで失礼させていただきます」パイクは言った。

「何？」本部長は鋭い声で聞き返した。「どういうことだ？」

「私はこれで」パイクは有無を言わさぬ口調で同じ言葉を繰り返した。「失礼させていただきます」

「何？」本部長も繰り返した。「どういうことだ？　失礼する……。何処へ？　おい、まだ話し合いは終わっていないんだぞ」

だが、パイクは頑なだった。「勝手なことを言って申し訳ありません。ちょっとした思いつきという奴が閃いたもので。詳しくお話しする前に、実行可能かどうか確かめに行ってきます。本当に大したことではないので、あまり大仰に考えないでください。しかし、役に立つかもしれません……。今晩はどちらにおいでですか?」

「ここだ」本部長は嚙みつくように答えた。「ここにいる」

「了解しました」と言って、パイクは出ていった。

本部長は閉じられた扉を睨みつけた。「一体どうやって」――声をひそめて吐き捨てたつもりだったが、実際はずいぶん大声になっていた――「奴がヤードの今の地位を手に入れたか、私には皆目わからんね」

デイヴィス警部補が蠟で整えられた口髭の下で咳払いのような音を立てた。

ファローはむっつりとした顔で何も言わなかった。

二

アーノルド・パイクは必要もなく食事を抜く人間ではない。ちゃんとした食事を採れる時に採っておかないと満足に仕事が出来ないということは、時に手痛い教訓として経験から学んできたことである。パイクはまずマラブル嬢の下宿横の車庫に向かい、警察車輛の青いクロスリーを出した。〈ほったて木屋〉で充分な量の昼食を手早く済ませ、チェイサーズ・ブリッジに車を走らせるまで、全部で四十五分とかからなかった。

　ホームデイル電力供給株式会社はチェイサーズ・ブリッジから三百ヤード南、道路の左側に会社を構えている。七、八分待たされた後、パイクは三時十分前に支配人室に案内された。

　カルヴィン氏は素っ気なく、皮肉屋っぽい感じはあったものの、仕事が早く、親切な人間だった。

「我々に出来ることなら」カルヴィン氏は言った。「何でもご協力しますとも。警察にはすでにそのようにお伝えしているはずですが」

「伺っております。もちろん、警察も当然感謝しております」丁重ではあったが、パイクも素っ気なく、無駄なことは言わなかった。パイクはカルヴィン氏にいくつか質問した。カルヴィン氏はメモ帳に計算し、部下と一度相談してから、肯定的な返答をした。

「出来ます」カルヴィン氏はそう言うと、口をぴしゃりと閉じた。「我々としては、やるかやらないかを出来るだけ早く教えていただけると助かりますね、警視さん。すぐに用意出来るものではありませんし、そちらのご要望に応えるには余計に時間がかかるでしょう……その……」――カルヴィン氏は肩をすくめた――「密やかに行うには」

　パイクは答えた。「お知らせします。今夜が無理なら、明朝十時半までには」

　カルヴィン氏は頷いた。「やるとなった場合に備え、すぐにルイシャムの倉庫から機器を運搬しておきます。大したことではありませんし、お支払いいただくのが国かどちらかはわかりませんが、料金も大したことにはなりませんよ」

パイクはもう一度頷いた。「それでお願いします」帰ろうと席を立つ。パイクはカルヴィン氏と握手を交わした。ホームデイルではほとんど出会うことのなかった、決断力を持つ人物だと思った。

外に出ると、青いクロスリーはホームデイルの街外れに背を向けてパイクを待っていた。

不意に、今すぐひとりになりたいという切実な願いが込み上げてきた。

潜在意識が育てた思考を顕在意識に送り込もうとする、その準備を整えている段階で感じる奇妙な感覚が頭の辺りに溢れている。ジェフソンとデイヴィスと本部長のような人間に囲まれた環境に戻ったら、せっかく形になりかけているアイディアが奥に押し込められ、手の届かない場所に逆戻りしてしまうという確信があった。このまま何処かに行って、誰にも邪魔されずに伸び伸びと二時間を過ごせたら、この育てられたアイディアを心の奥底から取り出せるような気がした。

パイクは車に乗り込み、ドアを閉めた。そのまま三分間、運転席で身動きひとつしない。それから、エンジンをスタートさせてゆっくりと車を発進させ、広々とした風景の中へと走り去った。

三

二時間の自由は何の成果ももたらさなかった。パイクは険しい顔で考え事に没頭しながらホームデイルに戻り、フォーツリーズ・ロードのガレージにクロスリーを戻した。ガレージを閉め、舗道でどうするか逡巡する。初めに右手を向き、十二番地の庭と綺麗なカーテンが掛かる窓を見た。それから視線を左手に移すと、道路を渡った先でジェフソンのコテージの前に立つ街灯が弱々しい光を放っているのが見えた。義務感に従い、パイクはジェフソンのコテージに足を向けた。大股で足早に歩いていき、少し開いていた扉を押し開けて中に入ると、すぐにジェフソン夫人の居間に到着した。

部屋にはジェフソンがおり、デイヴィスとファローもいたが、三人きりだった。

緑のダイムラーがなかったのに、本部長がもういないことに気付かなかった自分に愕然とする。観察力が低下するほど考え事に気を取られていたのだ。パイクは戸口から煙る室内にいる三人を見た。ジェフソンがぎくしゃくと立ち上がった。デイヴィスは愛想のない会釈を寄越したが、ファローは――かつては敵愾心をぶつけてきたファローは――わざわざ出迎えに来てくれた。

「本部長から言われております。本部長は中座しなければならぬ用事がありまして、戻った時に我々から報告しますから、何かあれば自分かデイヴィスに伝えてください。我々も後二十分ほどしたら帰ります。本部長が回してくれる車を待っているところです」ファローの顔に笑みはなかったが、それでもパイクは彼を好ましく思った。

「電力会社に行ってきた。明晩と、その後も必要なだけ、サーチライトに使用する電力を融通出来るか、支配人のカルヴィンに訊いてきたんだ」

「ほう！」と、ファローは一声上げると、不意ににやりと笑ってがっしりとした大きな顔を綻ばせた。「そりゃいいですな！　聞いたか、デイヴィス」

「カルヴィンが言うには」パイクは続けた。「警察からの要望があればそれに添うそうだ。しかし、まだ決めかねている。それでも、その時に備え、準備はしてもらっている」

「何台ですか？」

「十二の二倍。つまり、全部で二十四台のライトを二台一組で、主要な道路や交差点など、必要な場所に設置する。ただ、稼働させる時刻の少なくとも四時間前には配線箇所をカルヴィンに伝えねばならない」

ファローはまだ笑顔だ。「これでブッチャーの野郎もいちころだ」と、大きな体でまるで小中学生のようなことを言う。「明るい場所での犯行を避けているとしたら、道を光で照らすことで奴の極悪非道な行いをほぼ食い止めることが出来ますな！　いい手ですよ、警視殿！」

パイクは首を振った。「いい手ではないよ。ケチな手といったところさ。しかし、君は間違っているよ、警部補。私が考えているのは、ライトを始終点けっぱなしにしておくことじゃない。不規則に点けたり消したりして、いつ光に照らされるかわからなくすることなんだ……」

ファローは掌に拳を打ちつけた。「もっといい！　了解しました、警視殿。戻り次第、本部長にそう報告いたします」そう言って、ファローはそっと小声《ソット・ヴォーチェ》で付け足した。「言っていいかな……ここだけの話、本部長はあなたを本気で怖がっているんですよ」

「それはいいことを聞いた」パイクは背中で呟いた。

パイクは立ち去った。ジェフソンのコテージの門を出てすぐに左折し、道路を渡って十二番地に到着する。家に入ると、玄関ホールでモリー・ブレイドとミリセントに会った。

ミリセントがパイクに駆け寄ってきた。話したいことがたくさんあった。まず、今朝、ホームデイル駅で轟音を立てて通過する〈空飛ぶスコットランド人《フライイング・スコッツマン》〉を見たこと。それから、新しい玩具の汽車ぽっぽを買ったこと。もうひとつ、パイクがいなければちゃんと遊ぶことの出来ない（と、ミリセントは断言する）新しい遊びを思いついたこと。

モリー・ブレイドが口を挟んだ。その口調から、言葉とは裏腹に、内心ではそうは思っていないことが窺える。「ミリセントったら、ご迷惑をかけてはいけないわ」

ミリセントは母親を無視した。パイクを見上げ、心を蕩かすような青い瞳でパイクの茶色い目をじっと見詰めてくる。

「きしゃぽっぽする？」

本気で窘めているわけではないミリセントの母親に、パイクは気恥ずかしそうにしながらも構わないとはっきり伝え、お茶も飲まずに汽車ぽっぽ遊びをしに行った。パイクは汽車ぽっぽ遊びが好きだ。ふたりにとって本当に楽しい遊びだからだ。それに、遊んだ後で、ミリセントの母親と話が出来るかもしれないから……。

第十二章

　翌朝十時半過ぎに、ジェフソンのコテージで再び会議が行われた。カレンダーで言えば金曜の朝であり、ブッチャーが「次なる仕事」にかかると宣言した日の朝であることは言うまでもない。

　マラブル嬢が経営する下宿から警察署代わりのコテージへと向かう途中、もしもブッチャーが真夜中を迎える前に誰も殺すことが出来ず警察への約束を果たせなかった場合、狂ったように腹を立てて自ら命を絶ってしまうことがあるだろうかと、パイクはふと考えた。だとすれば、約束が果たされないのも困るし、果たされても困るとも思う――パイクの胸中はどっちつかずで結論を出しあぐねた。

　今朝もまた、ジェフソン家の一室に本部長の姿はなかったが、ファローとデイヴィスは来ていた。ファローとデイヴィスが昨夜は書類仕事に追われていたのは明らかで、パイクはそんなふたりを相手に今日の段取りの確認作業に入った。

　パイクはパトロールによる監視の強化案を受け入れ、パトロール隊の巡回を日が暮れてしまう午後四時半からではなく、夕闇がはっきりと兆し始める三時十五分から開始する案に賛成した。そして、パトロール隊の再編と、管理体制の見直しも容認した……。早い話が、デイヴィスとファローが前日の午後からやってきた仕事を全て認可したのだ。パイクに気を遣い、自身の方針転換をあまり表立って示そうとしなかったファローは、今は誰憚ることなく笑顔を見せている。蠟で固めた髭の先に苛立ちが窺えることはあったものの、デイヴィスも以前に比べればずいぶん打ち解けてきていた。

「それで」ファローが尋ねた。「サーチライトの件はどうなりましたか、警視殿？」

パイクはファローを見て――肩をすくめた。「一晩ずっと考えてみたが。設置したくもあり、設置したくなくもあり、といったところで――」

「わかります」ファローが遮った。「警視殿はサーチライトを設置するのは、パトロール隊やなんやかんやと同じで、〝予防措置〟を取るようなものだとお考えなのでしょう――」

「その通りだ」パイク警視はファロー警部補に微笑んでみせた。「サーチライトの導入は予防措置でしかないし、私としては出来れば避けたい方法だ……。だがそれでも、今から一時間後にはカルヴィンに電話してライトの設置を頼もうと思う……。イギリス人の悪い癖だな。非情になりきれないんだ。我々にもっと分別があったら、ドイツ人かフランス人だったら、真の人道的行為のために、もうひとりかふたりの命と引き替えにこの凶悪犯罪を根絶することが出来ただろうに……。だが、我々にそれが出来ると思うかい？　出来るわけがないさ！」

ファローを見て、パイクは陰鬱に首を振った。部屋を出ようと背を向けると、デイヴィスが声を掛けてきた。「ちょっと、どちらに行かれるんですか？」

パイクは片足を軸にして機敏な身ごなしで体をさっと振り向けた。デイヴィス警部補に向けた眼差しから何かを感じ取ったか、デイヴィス警部補は危うく震え上がりそうになった。長い間があった。

「少し散歩にね」そう言い置いて、パイクは立ち去った。

ジェフソン家の門を出たパイクは、今回は右に曲がってフォーツリーズ・ロードの端まで行くと、フォーツリーズ・クレセントの弧を描く道路を抜け、ローレルズ老人ホーム横の坂を下りる途中で左に入り、傾斜がきつくなる坂道を進んでデイル・ロードに入った。デイル・ロードで行き先を迷った。左手のホームデイルを出てビルズフォードに向かう道に入る寸前で思い直して右に曲がり、パイクはホームデイル中心部を目指してデイル・ロードを進むことにした。

パイクはゆっくりと歩いた。ポケットに両手を突っ込み、引いた顎はネクタイに押しつけられている。目は地面を睨み、考え事に耽っているため、頭は安全に歩くことぐらいしか気にしていない。

ようやくデイル・ロードの端まで来ると、無意識に右折してマーケット・ロードに入った。マーケット・ロードとデイル・ロードの交差点からマーケットまでは四分の一マイルほど。普段の歩調なら五分も経たずに着く距離だ。今日は十分かかった。

パイクは道路の右側を歩いていた――マーケットが建っている側だ。しかし、パーシー・ゴドリー氏がいなければ、マーケットの前を歩いていることにも気付かずに通り過ぎていたことだろう。

時刻は十一時を過ぎたところで、ゴドリー氏は〈ほったて木屋〉を出て、メイン・ロードのバローバッド・ヒルの上にある〈カーターズ〉に向かう途中だった。〈ほったて木屋〉で彼が言うところの「ご機嫌な量を聞こし召し」、ゴドリー氏はすっかり千鳥足になっていた。

マーケットに差しかかって最初の自在戸の前で、パイクはゴドリー氏に胸からどんとぶつかった。ゴドリー氏はよろめき、ふらふらと街灯に摑まったが、堪えきれずに結局倒れた。パイクは青年を立たせると服の埃を払ってやり、少し険しい目を向けた。

ゴドリー氏はひらひらと白い手を振った。呂律が怪しい。

「おやどーも！　まさかこーなとこでこーなかたにおあいできーとは！　すごーくうれしい……うれし……うれ……」ゴドリー氏はそれ以上言葉を続けることを諦めた。

パイクは青年を街灯に寄りかからせ、その場を離れた。ポケットに両手を戻し、散歩しながらの思索を続ける。そうこうしている内に、パイクはマーケットの東側正面の端に到達した。

そのままマーケットと郵便局を隔てる道路を渡り、チェイサーズ・ブリッジまで残るマーケット・ロードを直進するつもりだったが、生憎、砂利を積んだ大型トラックが煙を吐きながら道を塞いでいた。

回り道をする面倒を避け、右に方向転換してマーケットの南側正面の舗道を歩いていく。四分の三ほど進んだところで、マーケットの使い走りの少年がときおり出入りするアーチ道の前に差しかかった。マーケットはここを境に分断されており、アーチ道の向う側の区画には管理事務所と美容室が入っている。この通路でよく――今までに数度あった――ミリセント・ブレイド嬢の銀灰と紺青の乳母車を見掛けていたパイクは無意識に顔を上げ、アーチの奥を覗き込んだ。

果たして、そこには乳母車があった。先ほどまでとは打って変わって感覚を研ぎ澄まし、辺りを見回してモリー・ブレイドを探す。彼女だけでなく、今は人っ子ひとり見当たらない。パイクは乳母車に近付いた。たわいない汽車ぽっぽの話なんかを少し出来たら気分が上向くように思ったのだ――それに、ミリセントと話している内に、ミリセントの母親が戻ってこないとも限らない。だが、期待は空振りに終わった。ミリセント・ブレイドは大きな青い目を見開いて乳母車から野原の向こうの本物の鉄道を夢中になって見てはおらず、ぐっすりと眠っていたのだ。

ミリセントの黒髪には、毛皮で丹念に縁取られた青い天鵞絨《ビロード》の帽子がかぶせられていた。体を覆うのは、青い象が一列に並んで厳かに行進している柄がついた白い毛織の上掛けだ。上掛けから片方の腕がはみ出しており、毛皮をあしらった外套の袖口から手袋の脱げた手が覗いている。今朝は冷え込みが厳しく、寒晒《かんざら》しの手は血色が悪くなっている。乳母車の正面から眠っている小さな友人を眺めていたパイクは、ミリセントの冷たそうな手に気付いた。パイクは乳母車の側面に回ると、その手をそっと持ち上げた。

ミリセントの手に触れたせいで火傷でもしたかのように、パイクは突然その手を取り落とした。立つ位置を変えたことで、先ほどまで見えなかったものが見えた。乳母車の後ろで、控え壁のように張り出している小さなコンクリートの柱と乳母車の間に隠れ、壁にもたれかかるように女性が倒れていた。

傍らに跪くまでもなく、血の気のない顔を見ただけで、パイクにはそれが誰かわかった……。ミリセント・ブレイドは安らかに眠っている。彼女の真下には母親が倒れている。母親は死んでいた。
一瞬、パイクの世界は暗転し、耳の奥で轟々と猛り狂う音が鳴り響いた……。

第十三章

マラブル嬢をお供にミリセント・ブレイドが新たに考え出した複雑な鉄道網の列車運行を管理している部屋をパイクが後にした時、フォーツリーズ・ロード十二番地の踊り場で箱型の大時計が正午を打った。パイクは——自分でもどうやったのか、皆目見当もつかなかったが——ミリセントを起こさずにあの小路から連れ出しただけでなく、母親が突然汽車ぽっぽの旅に出掛けてしまったのだと信じ込ませることにも成功していた。ミリセントは今のところ遊びに夢中で、落ち着いているし、楽しそうでもあった。

階下でパイクを待っている者がいた。会ったらすぐに話をしようと待ち構えていたカーティスだったが、上司の顔を見ると言うべき言葉が一瞬出てこなくなった。カーティスは言った。

「無事、奴を捕まえました。バローバッド・ヒルズの〈カーターズ〉にいたんです。べろんべろんに酔っていました。ともかく、泥酔しているようには振る舞っていました。どちらかは自分には判断しかねますが……」

「医者を呼べ！」パイクの口から飛び出したその言葉は、小さな弾丸のように空を切り裂いた。

「呼んであります」と、カーティス。「真っ先に手配しました。セネシャル医師です。今、一緒にいて――」

「何と言っている？」

「話はまだです」カーティスはパイクから緊迫した雰囲気を感じ取った。「先に報告をと。ブレインがジェフソンと四名の部下を連れてマーケットに行っております。ファローとデイヴィスもです。警視殿の指示通り、足止めした者をひとりひとり取り調べているところです」カーティスは肩をすくめた。「ですが、自分には空振りに終わるように思われます」

だが、パイクはすぐには答えず、長い間黙り込んだかと思うと、藪から棒にこう呟いた。

「外がうるさいな？」

カーティスはぎょっとしたようだった。言われて初めて、彼は外の喧噪に気がついた。

パイクは二歩で戸口に行った。何の騒ぎかは、扉を開けるまでもなくわかっていた。

騒音の源は人々だった。たくさんの人が立てる物音と、大部分は口々に発する話し声だ。いや、たくさんの人の口が発するひとつの声と言うべきか。暴徒の群と呼ぶに充分な人数が――三十か、四十はいる――感情をひとつに融和させ、不明瞭なざわめきをひとつのまとまった声のように発している。

舗道に押し寄せた群衆にクロスリーが飲み込まれた。人の波は小さな門から前庭に流れ込み、玄関に向かってくる。杖やら傘やらクリケットの杭やら、いろいろなものを頭上に振りかざしていた。

カーティスを脇に従え、パイクはその場にすっくと立って押し寄せる人々を見回した。群衆のどよめきが怒号に変わる。怒鳴り声は甲高く、パイクが見たところ、前方の半数以上――群衆の半数以上でもある――を女性が固めている。パイクは彼らに話しかけながら、己の声音に、二十年前にロザハイズの何処かで初めて対峙した群衆に「退散願った」時の若きアーノルド・パイク巡査の声を聞いていた。

「さて、一体、何事だ？」

先頭に立って皆を引っ張ってきた者たちの中から、ひとりの女性がパイクに飛びかかってきた。指先を鉤爪のように曲げ、顔と口とを大きく歪めている。顔面を狙う鉤爪を、パイクは女の手首を摑んでかわすと後ろ手にねじり上げ、体を折った状態で取り押さえた。

女が悲鳴を上げると、谺のように群衆からも悲鳴が上がった。ひとりの男が最前列に並ぶ女たちの間を割って猛然と突き進んできた。男は大柄で、重さのある棍棒のような棒を振り回している。棒はパイクの頭に振り下ろされようとしたが、カーティスが叩き込んだ雄牛の膝関節のごとき拳が男の顎をまともに捉え、男はよろめいてふらふらと後ずさりをし、四角く刈り込まれたマラブル嬢の生垣にどうと倒れた。

「さあ！」カーティスは声を張り上げた。「他に一発食らいたい奴はいないか？　遠慮なく来い！」

いないようだった。群衆の怒号は不安げな呟きに変わり、小さくなったざわめきの中で大声を上げているのはパイクが取り押さえている女だけになった。いまだ金切り声ではあるものの、何を言っているかは聞き取れた――。

「警察か！　……警察が聞いて呆れるよ！　……あんな悪魔を野放しにしてさ！　……人殺しを――人殺しを――」

パイクは摑んでいる手首をいささか乱暴すぎる力でねじり上げた。女はまた叫んだが、今度は何の意味もない、甲高い悲鳴でしかなかった。

同情心に打たれた群衆の声がまた大きくなる。だが、それも一瞬で静まった。カーティスが前へ出たのだ。

「わかった、わかった！」カーティスは言った。「騒ぐんじゃない。言いたいことがあるなら、ひとりずつ前に出て発言しろ」雄牛のような拳が再び握られる。「それから、一発食らいたい奴はここまで来るように」

志願者はやはりいなかった。パイクはカーティスを見て言った。「この女を車に乗せろ。逮捕する」ざわめきが一瞬で消え、パイクの張り上げた声が沈黙に凛と響いた。「罪状は公務執行妨害と、潜在的な治安紊乱行為だ。暴行もあるな。保釈は認めんぞ、カーティス。この女は中にいた方がいい」

「了解であります」阿吽の呼吸でカーティスは答えた。パイクから女の身柄を引き受ける際、先ほど殴り飛ばした男が生垣の横で四つん這いになって嘔吐《えず》いている姿が目に入った。

他の者たちも男の様子に気付いているらしい。というのも、集団変化における興味深い過程を辿った群衆はもはや群衆ではなくなり、恥じ入った顔に怯えの色を浮かべた普通の人々の集まりに変わっていたのだ。

ひとりの男が群衆から離れ、門を出てよろよろと歩き去った。他の者たちもふらふらと彷徨う羊のように後を追う――パイクとカーティスは誰もいなくなった小径を悠々と闊歩し、逮捕者を車へと連れていった。女は連行されるまいと頑張ったが、カーティスが有無を言わせぬ力で引き立てていった。後部座席に女を押し込むと、自分もその横に座り、ドアをばたんと閉める。逆らう気力はすっかり失せたようだ。啜り泣く女の頬を涙が伝っている。興奮が冷めた今、彼女は、びくびく、おろおろしている普通の女に戻っていた。

捕まえた者に目もくれず、パイクは運転席に乗り込んでエンジンをスタートさせた。左折してマローボーン・レーンに入ると、車は速度を落として徐行した。コリングウッド・ロードを過ぎたところでパイクは出し抜けに車を縁石に寄せ、停車した。後部座席を振り返り、「女を降ろせ」とカーティスに命じる。カーティスは女の体越しに腕を伸ばし、ドアを開けた。

「降りるんだ！」自由の空間に向け、カーティスは親指をぐいと突き立てた。

女はぽかんとした顔で彼を見返した。しゃくり上げて泣きやまぬ顔がぴくぴくと動き、涙が目に溜まっている。

「降りるんだ！」カーティスは繰り返した。

だが、女はまだ動かない。パイクは運転席で体の向きを変えると、女に静かに話しかけた。

「刑務所行きは嫌だろう？　嫌なら車を降りるんだ。私はあんたの名前を知らないし、前に会ったこともない。だから、ここで別れたら、あんたのことはもうわからないよ――今、車を降りれば、だがね」

女は車を降りた。舗道の端に立ち、パイクを見て何かを言った。カーティスがドアをばたんと閉めたので、女の声は掻き消され、何を言ったのかはわからなかった。女は舗道に立ち尽くし、走り去る車を見送った。

二

マーケットに到着すると、扉は全て閉め切られていた。周りには遠くから面白そうな話を嗅ぎつけてきた野次馬が集まり始めており、物見高い目をぎらぎらさせて、真っ白い外壁と覆いをかぶせられた窓を見詰めていた。

五つあるマーケットの出入り口の外には、全てに制服巡査が配備された。公道に接するマーケット外周の直角に交わる二辺ずつを二名の制服巡査部長がそれぞれ巡回し、ときおり、警備の足を止めては、道の邪魔をする野次馬に「そこをどきなさい」と声をかけている。

カーティスを連れて現れたパイクに、正面入口の警備に当たっている警官が敬礼して自在戸を押し開けると、ファロー警部補が立っていた。眉間に皺を寄せたファローの渋面が、パイクを見て嬉しそうに緩む。ファローは帽子に指を添えて挨拶した。

「成果は?」パイクが尋ねた。

ファローはかぶりを振った。「まだ何も」

「状況は?」パイクはてきぱきと話を進めていく。

ファローは封筒の裏にしたためた鉛筆書きのメモを見た。

「警視殿の命令でここを封鎖した時、マーケットには百五十三人の客がいました。店員は五十一人で、総支配人のカスバート・メロン氏を含め、マーケットの従業員は十一人です。ブレインが全員をふたつの班に分けました。一方はカフェで待機させ、制服警官ふたりを監視に置いています。もう一方は美容室の方で同様に待機させています。ブレインが女性の身体検査のために病院から看護婦をふたり連れてきまして、男性の方は目下、部下の巡査部長がふたりでやっております。終わった者は氏名を聞いた上で裏口から順次帰宅させています。……これでよろしいでしょうか？」

パイクは頷いた。「申し分ない。どれくらい終わった？」

「つい先刻様子を見てきたのですが、七十一人分を済ませたそうです」

「問題は？」

ファローは肩をすくめた。「少々取り乱した者が数名いました。怯えている者も。問、い、い、題と言えるような問題はありません。ご案内しましょうか？　検査は総支配人室で行っています」

パイクは頷いた。ファローについて歩きだしたパイクの後ろを、カーティスが実体を持つ幽霊のように従った。一行は反響する建物の中に歩を進め、売り主のいない商品を豊富に並べた売り台の間を縫うように進んでいった。

「その向こうです」ファローが『上品なお履き物』の札が掛かった売り場の奥を指差した。その先には、赤と黒の文字で『総支配人室――部外者立ち入り禁止』と表示された扉がある。

パイクは大股でそちらに向かった。靴売り場の陳列台の後ろの狭い隙間を通り抜け、『部外者立ち入り禁止』と書かれた扉を勢いよく押し開けたパイクは、演劇評論家が思っているよりも遙かに高い頻度で現実に起こりうる偶然の一幕というものをそこで目にすることとなった。

青い制服を着た大男の警察官ふたりに挟まれ、少なくとも今は後ろ暗さをごまかすようにへつらった態度を取っている色黒の小男が、両手を挙げて立っていた。制服警官のひとりは小男の右側のポケットをまだごそごそと探っている。だが、その横で、左のポケットを担当したと思しきもうひとり――ジェフソンだった――が、衝撃と高らかな勝利宣言が混ざった滑稽にも見える仕草で、不意に背筋をぴんと伸ばした……。

ジェフソンの高々と掲げられた右手には何かが握られている。

パイクは飛び出した。ジェフソンが見つけた何かをひったくる……。

パイクが睨みつけているのは、真四角の黄色い封筒だった。封はされておらず、中は空っぽだ。しかし、封入を待っているかのように、艶々とした黒いインクが綴る癖のある右下がりの文字で、その表にはすでに宛先が書き込まれていた。

ホームデイル
フォーツリーズ・ロード十三番地
ジェフソン巡査部長気付
州警察本部長殿

三

ジェフソンがポケットから封筒を抜き取ったへつらうような態度の小男は、ウィルフレッド・スプリングだった。

ふたりの巡査部長が脇に退く。パイクは封筒を睨み、手の中で裏表とひっくり返した。そうしてから、改めてスプリングに視線を移した。

「何か言うことは？」身の内で脈動する興奮を完璧に押し殺した声音だった。

「何か言うことだって！」話す機会を与えられたスプリングは、へつらいをほとんどかなぐり捨てた。自分自身が発する言葉が気持ちを高揚させているらしい。ウィルフレッド・スプリングは大物扱いをされてしかるべきで、警察の有象無象どもに粗末な扱いを受けるいわれはないという思いが言葉を重ねるごとに強まっていくようだった……。

「何か言うことか！」ウィルフレッド・スプリングはそう吐き捨て、もう一度同じ台詞を口にした。先刻からその繰り返しだ。自分のポケットがどういうわけか悪用され、妙に重要視されている封筒がどうやって紛れ込んだものか、スプリング氏には皆目見当もつかないようだ。現実的に考えて、封筒が何者かの手で自分のポケットに入れられたに決まっているというのが氏の言い分である。能なしの警察どもは、英国でも屈指の――英国随一のとまでは言わないけれど（ついでに言えば、英国とも限定しないけれど）――映画監督であるウィルフレッド・スプリングに、人殺しをして回るような暇と性癖があると思っているのか。

「呆れて物も言えんね！」すっかり調子を取り戻し、スプリング氏が毒づく。「一体、私を何だと思っているんだ？」

　パイクは無言でスプリングを見た。全くの無表情で、あれこれと考えをめぐらせている胸の内をそこから窺い知るのは無理だった。しばらくしてから、ようやくパイクは口を開いた。

「スプリングさん、あなたの身柄を拘束しなければなりません。少なくとも、当分の間は」

四

　正面の壁が白く塗られた警察署代わりのコテージの外でパトカーに乗り込んだウィルフレッド・スプリングが、州拘置所に送られたのは三時のことだった。その後、ジェフソン家の一室に、本部長と取り巻きのファローとデイヴィス、カーティス刑事とブレイン刑事、そしてパイク警視が顔を揃えた。

「私が思うに」本部長が発言した。「奴が本星だろう」まずファローを、それからデイヴィスを見る。カーティスとブレインを無視し、本部長は最後にパイクを見た。

　パイクはかぶりを振った。「失礼ながら、同意しかねます。率直に申し上げますと、本部長殿が出された再勾留の指示は間違いでした。彼の妻とマーケットの店員の陳述を考えればなおさらです」

ぴりぴりし通しの午後だったが、ここに来て本部長が爆発した。「何を抜かすか！　あんたほど経験を積んだ人間なら、妻の証言は証拠にならんことを――」

パイクは遮った。「申し訳ありませんが、法廷はまだ先の話です。ウィルフレッド・スプリングがマーケット内にいたことは証明出来ますよ。殺された」――淡々と話すパイクの口調がここでほんの一瞬だけ引っかかりを見せた――「ブレイド夫人が殺された時刻に。ですから、彼はブッチャー候補からは外れます……。複数による犯行でなければの話ですが、それはあり得ないので、考えるまでもないでしょう」

気まずい沈黙を破ったのは本部長だった。本部長は誰にともなく毒づいた。「忌々しい！　全く忌々しい！」

本部長の手が電話に伸びた。

五

マーケットの北側にある木立に囲まれた広い芝地で、ホームデイルの住民による緊急集会が自然発生的に始まったのは、ウィルフレッド・スプリングが釈放された一時間後の五時のことだった。

集会は狂気染みており、マラブル嬢の下宿の外で起きたデモと同じく、ホームデイルでは行われた例しのないものである。

たくさんの発言があった――それに、歌も。警察は訓練もせずにだらけており、無策の上に決断力も倫理観も欠けていると、警察への激しい非難に熱弁が振るわれた。演説の間、「そうだ、そうだ！」の大合唱がひっきりなしに合いの手を入れた。人々の興奮を最も煽った弁者――ときおり政治演説家の草鞋《わらじ》を履く人物である――から、ホームデイルの住民は自分たちの手に法を取り戻すべしという趣旨の動議が提出され、満場一致で可決された。取り戻した法で何をするのかは、曖昧に濁されたままだったが……。

しかし、この場にいる誰もがその演説に強く心を動かされていた。この瞬間、何物をもってしても鎮められない炎で彼らの血潮と怒りは燃え立っていた。この瞬間、私的法廷を主催していたリンチ判事が彼らの師範であった。彼らは誰かの血を求めていた。もちろん、望ましいのはブッチャーの血だが、それが無理なら、いつまで経ってもブッチャーを逮捕出来ない連中が責任を取って代わりに血を流すのでも構わなかった。

武器が振り回された。叫ぶ声が枯れ始めた。目が獰猛な色を帯びる。参加者の内――少なくとも三百人はいたはずだ――ごく若い世代の何人かが何処からか手に入れてきた燃料で篝火を焚き、二十フィートの高みに突き出された赤と黄色に燃える舌が空を舐めた……。

人混みから少し離れた場所でリード医師は二座席のシボレーを停めると、肉付きのよい顔に嘲りを浮かべ、群衆の怒号に耳を傾けた。

ロックウォール牧師はぶつぶつと独り言を呟きながら、頭を振り振り、足早に通り過ぎた。

無事に帰宅したウィルフレッド・スプリング氏は、誤認逮捕の訴訟と結びつけて、大々的な宣伝活動を起こせないものかと思案していた。

州拘置所の独房でパーシー・ゴドリー氏は目に涙を溜め、「小壜たったの一本でいいから」との頼みを、いくら買収し、懇願し、泣きつこうとも、やんわりと突っぱねるばかりの青い服を着た冷酷な悪魔のことを考えていた。

傘を左脇にしっかりと挟み込んだアースラ・フィンチ女史は、集会の真ん中で鋭敏な頭脳を働かせ、今まで自分が思いついたことなど足下にも及ばない素晴らしい記事をクラリオン紙に載せるため、頭の中で速記を取っていた。

集会の最前列で普段は柔和な青い瞳を爛々と光らせたメアリ・フィリモアは、自分の声が枯れきってもう大声を出せなくなっていることに不意に気付いた。

集会の真ん中ではコルビー氏が隣の人に向かい、抑えきれない喜びを滲ませながらこう言っていた。「素晴らしい！　実に素晴らしいね！　……賢明な者たちはもっと早くに自分の問題を自分で解決してしかるべきだったんだよ」

住みよい我が家であるホスピスの二階のバルコニーからは、不安そうな顔のサー・モンタギュー・フラッシングが目に怯えた色を浮かべ、篝火の周りに躍る炎を見詰めていた。

「物騒なこと！　本当に物騒なこと！」集会の人混みから抜け出すまで後一歩というところで、ルドルフ・シャープ夫人は胸の内でそう呟いた……。

七時近くに、制服警官隊を率いたファローと、バトリー消防隊を伴ったデイヴィスが到着した……。

七時十五分には集会は解散していた。残っているのは水浸しになった篝火の残骸だけだ――そして、ホームデイルの多くの家々には、服と一緒に燃えたぎった血気までびしょ濡れにされた人々が帰り着いていた……。

六

その日の夜遅く、ホームデイルの住民の多くは寝に行ったか寝る準備をしているかという時間帯に、パイクはフォーツリーズ・ロードの寝室で横にはならず、ウィルフレッド・スプリングのことを考えていた。本部長を止められず、一時的とはいえ投獄してしまったことが悔やまれた。獄中にいた方がウィルフレッド・スプリング氏のためになると考え、人道的理由から投獄に反対ではなかったが、そのせいで警察が憎まれ、新聞や世間からペンと口とで攻撃されることは嫌だった。ブッチャーは相変わらず野放しで、獄中に放り込まれたのは酔っ払いと映画監督だ。新聞や世間も同じことを言うだろうが、全くおかしな組み合わせだ！　一日中、酒を飲めるだけ飲めれば本望だという男と、銀幕の幽霊を可能な限り量産することに一生の野心を燃やしている男、このふたりがくだんの殺人鬼というのなら、誰だって容疑者になり得るというものだ。ひとりはアルコールのことしか頭にないし、もうひとりは幽霊のことで手一杯だ。アルコール漬けの脳みそで、忌まわしい暴力への潜在的な衝動を満たせるというのならそうだろう、自分の操り人形に出来ることを（実際にやったと思われているように）現実でやろうというのならそうだろう。酔っ払いと……映画監督……。

「映画監督というのは」パイクは独言《ひとりご》ちた。「一体どういう仕事なんだろう……。しょっちゅう自分が神になったような気分になるのだろうな。映画とは面白いものだ。好きな人もいれば、嫌いな人もいる。『愛の灰』のリリアン・ナントカとパーシー・カントカのために、わざわざ四十マイルも歩いて観に行く人もいる。かと思えば、リリアンとパーシーの名前を聞くだけで身の毛がよだつという者もいる……。しかし、偉大な発明だ……。例えば、スローモーションなんてどうだ。スローモーション・カメラがあれば、本人も気付いていない動きを拾い出すことが出来る。……将来、便利に使われることは間違いないな——実際にそういうふうに利用されるかは怪しいところだが——歴史の勉強に最高だ。もし、歴史上の出来事を——もしくは歴史上に残りそうな出来事を——全てフィルムに収める作業を今から始めたら、同時代に生きている我々よりも百年後の子供たちの方が今の時代のことに遥かに詳しくなっていることだろう……」

全く、フィルムというのは実に奇妙なものだ！　どんな分野でも役に立つ——どんな分野でも——科学者の役にも立ってきた。……警察の役に立たないわけがない……。

「ああ、全能の神よ！」パイクは大声を出した。

弾丸が掠めでもしたかのように、パイクはばっと立ち上がると窓辺のベンチから飛び退いた。一歩で扉に辿り着くや、五歩で踊り場を横切る——途中、秀逸この上ない汽車ぽっぽ遊びでくたくたに疲れ切ったミリセント・ブレイドが、母親が不思議な旅行に出掛けたことを思い出す暇もなくぐっすりと眠っている部屋の前を通り過ぎた。階段は音も立てずに二跳びで降りきった。

パイクは玄関扉をばたんと閉めた。マローボーン・レーンをひた走り、カーティスが寝泊まりしている家へと急ぐ。二階の窓に明かりが灯っており、パイクは庭の小径から砂利を一摑み掬ってその窓目掛けて投げつけた。偶然にも明かりの部屋がカーティスの居室で、カーティス本人が窓から身を乗り出し、どすの利いた声をぶつけてきた。「おい、何をしている？」

「俺だ、パイクだ」カーティスが仕える警視の声がそう言った。「降りてこい！　緊急だ！」

カーティスは降りてきた。パイクは狭い廊下に上がり込んだ。「話せる場所はあるか？」パイクが尋ねた。

カーティスはパイクを居間に通し、照明のスイッチを入れた。パイクは言った。

「車でロンドンまでひとっ走りし、ヤードに行ってきてくれ。おまえがロンドンに着くまでの間に、俺が電話で手筈を整えておく。あっちで用意してあるものを車に詰め込んだら、すぐさま蜻蛉返りをしなけりゃならんから、寝てる暇はないぞ。おまえがあっちで受け取って車に載せるのは、もう二台ほど車を増やさなけりゃならんだろうが、十三台の映画撮影用カメラと、それから、カメラの使い方を知っている十三人の人間だ。戻ってくる場所はここじゃない。バトリーの〈ジョージ王〉亭に行ってくれ。俺は午前二時からそこで待つ。それから少しずつこっそりとホームデイルにカメラを運び込むんだ。上手い隠し場所が見つかるといいんだが」好奇心を懸命に抑えようとしているカーティスをパイクはじっと見た。「わかったな？」と、きつい声で訊く。

カーティスははきはきと命令を繰り返した。そして、好奇心を抑えきれなくなって、尋ねた。

「一体、何をやろうというのですか？」

パイクはにこりとした。この街に来てから、カーティスがついぞ目にした覚えのない笑みだった。

「十三台のカメラと十三人の撮影技師が必要なのは、この辺鄙な贋物《まがいもの》の街に十三台の郵便ポストがあるからだよ。わからないか、カーティス、ブッチャーはまた我々に手紙を書くぞ。そして、明日から街中のポストで手紙を投函する者の姿を二十フィート分のフィルムに密かに収めておけば、次の手紙を受け取った時に少なくとも捜査範囲を狭めることが出来るという寸法だ、それがわからないか？　それ以上の成果があるかもしれんし、もっと多くだって望めるかもしれん！」

カーティスの顔に上司とそっくりの笑みが大きく浮かんだが、現れたと思った瞬間にすぐ消えてしまった。カーティスは首を振った。「やはり自分にはわかりません。一瞬、得心しかけましたが、ブッチャーが手紙を出した日に街中のポストで手紙を投函する者たちを撮影したとしても、警視殿が仰るようにそれを逮捕に繋げるには――」

パイクは部下の言葉を遮った。「おい、頼むぞ！　知らないにしても、俺が郵便局長と取り決めをしていることぐらい、おまえなら察せるだろう。ごちゃ混ぜにならんよう、回収した郵便物は担当者が銘々で小さな袋に仕分けして、どの手紙がどのポストから投函されたかが集荷ごとにわかるようになっているんだ」

カーティスの太い眉が持ち上がった。「知りませんでした」

パイクはぴしゃりと言った。「では、推測すべきだったな。この策が失敗するとなれば、郵便局長か集荷員がブッチャーだった場合だが――そうなったら詰みだな。だが、いい手だぞ。いい思いつきだ。この街に来て一番の思いつきだ」

第十四章

明くる十二月八日、土曜日の朝七時半、マラブル嬢が経営する下宿の玄関ホールで急き立てるような電話のベルがけたたましく鳴り響いた。鳴っては止みを繰り返していたベルはその内に鳴り止まなくなり――ようやく、下宿で働くふたりの「通いの」使用人の内、年長の娘がまだ眠そうな目で「もしもし《アロー》！」と電話に出たことで静かになった。

受話器の向こうから聞こえてきたのは素っ気ないお役所口調で、緊急の用件のようにジャネットには感じられた。この電話は警察本部長の用件でかけたもので、パイク氏と話したい、と言っている。ジャネットは思わず口籠もったものの、パイクさんをお呼びしてきますと、どうにかはっきりと伝えることが出来た。

しかし、ジャネットにはパイクさんを呼んでくることは出来なかった。パイクさんはいなかったのだ。寝床には入ったようだけど、パイクさんはとても、とても早い時間に起きて出掛けたに違いない。自分は六時四十五分にこの家に来ていたのに、今の今まで、家の中で誰かが動く気配を全く感じなかったのだから。

言葉はあまり上手く出てこなかったが、ジャネットは以上のことを全て電話相手に話して聞かせた……。

朝の一仕事を終えたパイクが、満足気な顔で下宿に戻ってきたのは十一時十五分前のことだった。時間内に終わらせるだけでも大変なのに、その上、誰にも見られてはならないという条件つきの、過酷な作業だった。だが、仕事は終わり、首尾も上々……。遅まきながら髭を剃ろうと、パイクは小さく嘯《うそぶ》きながら階段を上っていく。今朝は少しぐずり気味のミリセント・ブレイドが朝食を食べている部屋の扉を通り過ぎたところで、パイクはぴたりと口笛を止めた……。

それでも、この強大な悪魔に対して、強力な一手を初めてまともに打つことが出来たという手応えがある。それがためにパイクは朝の一仕事にいっそうの満足感を覚えていた……。

二

「やれやれ！」本部長はぼやいた。「一体、今まで何処をほっつき歩いていたんだね、警視殿？我々は君を探してそこら中をずっと駆けずり回っていたんだぞ。何をしていたんだ？」

ジェフソン家のテーブルを挟み、パイクは怒り心頭に発している本部長の向かいに腰を下ろした。本部長の両脇にはファローとデイヴィスが控えている。その後ろでは、ジェフソンが不安そうにうろうろしていた。

「申し訳ありません、サー・ジェフリー」パイクは物柔らかに謝った。「お待たせするつもりはなかったのですが」

「しかし、一体、何処にいたんだね？」

「しばらく外出しておりました」本部長に接するパイクの態度は優しい。「それから、ヤードに提出しなければならない報告書を仕上げておりました」と言って、椅子に座り直す。穏やかな物腰で、これ以上説明する気はないということを、パイクははっきりと示していた。

沈黙が流れ、そのまま続いた……。外から聞こえてきた物音に救われなければ、本部長が脳卒中で倒れかねない長い沈黙だった。

窓の外に視線を遣ると、前庭の小径を急ぎ足でやって来る若い男の姿が見えた。公用と思しき大きな茶封筒を持っている。

「郵便局ですね」そう言って、ジェフソンが玄関に向かおうとした。

だが、パイクが先んじていた。姿が見えなくなったかと思うと、青年が運んできた荷物を手に、あっという間に戻ってきた。

パイクは封筒を開封すると、逆さまにして卓上に中身を空けた。三通の真四角で黄色い封筒が零れ落ち、目をかっと見開いた本部長とふたりの取り巻きの眼前にその姿を晒す。三通の真四角で黄色い封筒には癖のある右下がりの文字で、妙に艶のあるインクで宛名が黒々と記されていた。

「なんたる！」本部長が声を上げた。

ファローが鋭い音を立てて小さく息を吸い込み、デイヴィスは神経質そうな唸り声を立てた。

三人は封筒の上に屈み込んだ。一通目の宛先はホームデイル、警察署気付、州警察本部長。二通目はホームデイル、ホスピス、サー・モンタギュー・フラッシング。三通目はホームデイル、クレイピッツ・ロード、ホームデイル・クラリオン編集部アースラ・フィンチ……。

封筒の中身は三通とも全て一緒だった。黄色いカット紙の便箋が三枚だ。どの封筒も、一枚目の便箋には頭語以外、以下と同じ文面がしたためられていた。


諸兄の奮闘を非常に面白く思っていることを小生は白状せねばなりません。これまでのところ、成果らしい成果は挙がっていないのではありませんか？　貴君らに足りないのは努力ではなく、侮辱と受け取られると心外ですが、知能であると小生は考えております。

小生のこのささやかな書き付けが諸兄の心をさらに悩ませるのではと懸念しておりますが、書かずにはいられなかったのです！

さて、この度、一筆啓上しましたのは、そろそろ休暇を取られてはいかがと——貴君らにはその権利が当然あるのですから——提案するためです。有り体に申しますと、小生はこれよりしばらく、殺生を差し控えるつもりであります。もちろん、どうにも抑えきれなくなったら、都合のよい時を見計らい、再開する気でおりますが。小生が何もかもをふっつりとやめてしまうという気前のよい行動に出るとは、貴君らには思ってもみないことだったのではありませんか？

この申し出で貴君らが苦しい立場に追い込まれることがなければと、勝手ながら心配しております。

それでは、真心を籠めて

ザ・ブッチャー

追伸――お悔やみ状の送付が遅くなったことを心よりお詫び申し上げます――書類の作成にどうぞお役立てください――改めて、マージョリー・ウィリアムズとモリー・ブレイドに関する覚え書きをここに同封いたします。

一枚目の同封物には以下のように記されていた。

第五の死者のご案内
安らかに眠られたし
マージョリー・ウィリアムズ
十一月三十日、金曜日に死去……
ザ・ブッチャー

二枚目には。

第六の死者のご案内

安らかに眠られたし
モリー・ブレイド
十二月七日、金曜日に死去……

ザ・ブッチャー

三

卓上に広げられた黄色い便箋を食い入るように見詰めていた本部長は、手紙を目の前にして以来、初めて顔を上げ、便箋から視線を逸らした。椅子の上で身をよじり、その目は今、アーノルド・パイク警視が閉めて出ていったばかりの扉を見ていた。

本部長は背筋を伸ばした。ふたりの部下の顔を順番に見る。本部長は当惑と怒りが奇妙に混じり合った声を出した。

「彼は一体、何処に行ったんだ？」

ファローは顔をしかめ、何も言わなかった。デイヴィスは非常に意味ありげに鼻を鳴らした。

四

「はい」と、郵便局長は答えた。「あの三通はイニレス・ロードのポストの二回目の集荷で見つかったものです」テーブルの向かい側に座るパイク警視に、熱心な眼差しが向けられる。「警視さんに言われた通り、誰にも何にも言っていませんし、仕分けしたのは私ですから、他に知っている者はいないと思います。それに、添書の内容も――警視さんの指示にしっかり従い――口外しておりません」

　パイクは局長の話を遮った。「そうでしょうとも、わかっております」パイクは椅子を引いて突然立ち上がった。椅子の脚が局長室の床にこすれて耳障りな音を立てる。テーブルに手を突いて体重を載せると、頭に穴が開くのではないかと心配に思えるほどの鋭い目つきでパイクは局長を見下ろした。それまでの素っ気ない物言いが嘘のように、ゆっくり、はっきりと局長に言い聞かせる。「いいですか、マイヤーズさん。あなたは、今、非常に大きな責任を背負っているのですよ」

　局長は椅子の上でそわそわと体を動かした。「わかっておりますよ、警視さん……」と、おどおどと答える。「十二分にわかっておりますとも……」抑えてはいるが、ヒステリー気味の笑い声が小さく立てられた。「でもね、警視さん、私がブッチャーではないと、どうしてあなたはわかるんですか?」

パイクは唇をきゅっと締めて笑みを作った。「わかりますよ。何故なら、あなたのことはきちんと調べがついているからですよ、マイヤーズさん。殺人が起きた時、あなたは違う場所にいて、いつも通りに行動しており、おかしな点はなかった」

「何もかも抜かりなしというわけですか」局長はそう言うと、また神経質な笑い声を立てた。

パイクは局長が悄気《しょげ》返っているのだと思った。「ところで、マイヤーズさん。あなたは警察に多大な協力をしてくれましたが、もう少し力を貸して欲しいとお願いしても構いませんか？」

マイヤーズ氏は自分が重要な人間であることを意識した。「どうぞ、何なりと！」局長は答えた。

五

それから五時間も経たぬ頃、マイヤーズ氏はバトリーにある〈ジョージ王〉亭にいて、納屋に似た作りの細長い喫茶室で、驚きと興奮に胸を躍らせながら座っていた。ここまでの時間はあっという間に過ぎ去った。明らかに法定速度を無視し、身の危険さえ感じるスピードで突っ走る車であちこち連れ回されてきた後である。まず車はイニレス・ロード十九番地に行き、氏はそこで十九番地の家から――空き家なのに！　――ひどく重そうな黒くて四角い箱を抱えた男がこっそりと出てくる奇妙な光景を車内から目撃した。この男は車に乗り込んで一行の仲間入りをし、運転している警視の隣に座った。その後、猛スピードで走る車はデイル・ロードを抜けてメイン・

ロードに入り、新しいバイパスを通ってマイヤーズ氏と同乗者たちをホームデイルからバトリーへと連れていったのだった。

マイヤーズ氏は目と耳はしっかりと開けていたが、スコットランド・ヤードの助手という新しい役割に相応しいよう、口は閉じておいた。〈ジョージ王〉亭に着いたマイヤーズ氏は、ここで不思議な変化を目撃した。パイク警視がパイク警視ではなくなったように見えたのだ。話し方と歩き方――そんなことはあり得ないとわかっていても、着ている物もだとマイヤーズ氏は付け足しそうになった――が全く違う。今の警視はフォーテスキュー氏という人物らしく、フォーテスキュー氏は映画産業に関わりのある紳士だった。誰にも知られたくない企業秘密を抱えており、その秘密には〈ジョージ王〉亭も一部関わっているらしい……。他の三人の同行者たち――イニレス・ロードの家から出てきた怪しい男に、パイク警視からはカーティスとブレイン、フォーテスキュー氏からはアッシュブリッジとバーニーと呼ばれたふたり――も、全員、肩書きばかりか立居振舞までもが別人のようになっていた……。

マイヤーズ氏の頭はぐるぐる回り始めた。だが、今こうして、背もたれがまっすぐな座り心地の悪い椅子に腰掛け、シートに投影された闇の向こうで動く映像を見詰めていると、世界が狂ってはいないことが再び信じられるようになってきた。マイヤーズ氏が見ているのはイニレス・ロードのポストの映像だった……。映像はかくかくと動く画像の連続で、同じような場面ばかりが繰り返された……。見せられているのは人だ。ホームデイルが出来た頃からの住人であるマイヤーズ氏が顔だけでなく名前も知っている人たちが、イニレス・ロードの郵便ポストに歩いていって手紙や小包を投函している映像だ……。

　無言で流された映像を一通り見終えると、元フォーテスキュー氏――今だけパイク警視に戻っていたことに気がつき、マイヤーズ氏はひどくびっくりした――現パイク警視が椅子に座るマイヤーズ氏に近付いてきて、耳元でこう言った。

「映像をもう一度見てもらいます。可能なら、お教えいただきたいのです。スクリーンに映っているのが誰かを……」

第十五章

（十二月十日月曜付、ロンドン警視庁犯罪捜査課警視アーノルド・パイクから、ロンドン警視庁犯罪捜査部副総監、バス勲爵士《C・B》他、E・ルーカスへ宛てた極秘の覚え書き……）

金曜以降、初めての連絡となりましたが、金曜にある策を考えつき、実行に移したところ、捜査の進展に繋がる手応えが早々に得られたことを報告いたします。

すでに公式報告が挙がっている通り、金曜の朝、またもブッチャーが凶行に及び、現地の大型店舗外でブレイド夫人が白昼堂々殺害される事案が発生しました。金曜の夜に私は上記の通りある策を思いついたのですが、以下に簡略に説明いたします。

ブッチャーの手紙がこの殺人の後か、次の殺人の前に送られてくるものとして、街中のポストに投函する人々の姿を全て映写機で撮影します。これにより、ブッチャーの手紙が投函されたことが確実視される時間帯にポストを利用した人々を絞り（要らぬ注釈かと思いますが、集荷された郵便物はどのポストから回収されたものかわかるようになっています）、捜査範囲を狭めることが期待されます。（注――ブッチャーが第三者のポケットに手紙を忍ばせるという、マーケットで以前使った手口が繰り返されることはもうないと考えております。頭が回る彼が同じ手を使うとは思えず、次なる手紙は本人の手で投函されることでしょう）

映写機を使った仕掛けを思いついた時に、すぐさま報告すべきでしたが、ここでは極秘裏に計画を進めることを決断いたしました。無論、カーティスとブレインには話しておりますが、絶対に口外しないよう指示しております。州警察本部長にも知らせていません。私の周辺に関する限り、この街の者たちには計画が何ひとつ漏れていないことがおわかりになるでしょう。ブッチャーである可能性は全員に――ひとりの例外もなく――あるのです。前回の報告にありますように、ブッチャーは一般市民よりも私が頻繁に接触している人物である可能性が高いと思っております。

この秘密厳守の方針を是認いただければ幸いです。私がこのまま本件を担当出来るのであれば、捜査上の秘密保持も引き続きご認可くださることを希望いたします。今後取るいかなる手段においても、同様に秘密厳守を徹底する所存であります。

映写機を使った仕掛けが早々と成果を挙げたことを報告出来ますことを嬉しく思います。土曜の朝の州警察本部長らとの会談中に、ブッチャーが投函した三通の全く同一の手紙を二回目の集荷で発見した郵便局長が私の元に転送してくれました。私は可及的速やかに会談から遁走し、郵便局長に会いに行きました（末尾の付記を参照ください）。局長の説明によると、イニレス・ロードのポストから回収されたものだとのことです。私は局長に口を噤んでおくよう警告し、すぐさまイニレス・ロードに赴いて（撮影技師の配置に関しては別紙の報告書をご覧ください）現場の撮影技師からフィルムを受け取り、カーティスからブレインに届けさせ、内密に現像させました。その後で郵便局長（マイヤーズ）、カーティスとブレイン、それにイニレス・ロードの技師とカメラ、映写機を車に乗せて、フィルムを上映するために私がバトリーに予め手配しておいた――偽名で――部屋に移動しました。準備が出来たところでフィルムを一通り再生したところ、幸運にもマイヤーズから八時の集荷から十時の集荷の間にポストを利用した十二人の名前を聞くことが出来ました。

この十二人の内の誰かがブッチャーの手紙を投函した人物に違いなく、それゆえに、この十二人の内の誰かが十中八九（論拠は上述の通り）ブッチャー本人であることがおわかりでしょう。言い換えれば、我々は約五千の『容疑者リスト』を十二までに減らすことに成功したのです。

十二人の氏名、詳細等、そして三つの最重要事項を記載した表を作成しました。三項に記してあるのは第一に投函した手紙についてきちんと説明が出来るか、第二に、その後の尋問でブッチャーが殺しを行った全ての時刻に確固たるアリバイがあるか証明されたか、第三に、イニレス・ロードのポストで投函した理由についてです。

この表から生じる第一の問題は、全員が投函した手紙について（すなわち、手紙の宛先と内容について）説明出来るという点です。しかし、説明のつかない者がいないことに問題はないと私は考えます。ブッチャーが（書体を変え、特別な便箋を使うなどした）手紙を投函する際、いつも使う便箋にいつも通りの書体で綴ったごく普通の手紙を――質問を受けても困らぬよう――一緒に投函することは、前回の報告書で予想している通り、想定内のことだからです。

次の問題は、十二の「可能性」を狭める重要なものです。私は彼らの回答を吟味して分類し、

投函した手紙の説明が出来るか	犯行時刻のアリバイ	イニレス・ロードのポストを利用した理由
出来る	完璧。	家の近くにあるため。
出来る	同上。	マーケットに行く途中。
出来る	ある程度信頼出来る。ふたつの時刻で証明出来ず。	出勤途中。
出来る	三つの時刻でアリバイは成立。他の時刻は証明出来ず。	出勤途中。
出来る	全ての時刻に〈クラリオン〉編集部にひとりでいて、供述を裏付ける目撃証言なし。	ブレイド夫人についてマラブル嬢に取材をしに行った帰り。
出来る	供述の裏取り中。	駅に行く途中。
出来る	供述は曖昧で不充分。裏を取れず。	車で通過した。
出来る	まだ供述の裏取り出来ず。ホームデイルの住人ではない。	仕事場の向かい。
出来る	供述を裏付ける目撃証言なし。ひとりで勤務中。	巡回中。
出来る	完璧。	最寄りのポスト。
出来る	完璧。	登校中。
出来る	前後の時刻で裏は取れているが、犯行時刻のアリバイは証明出来ず。	散歩中。

氏　名	住　所	年　齢	職　業
クロード・ニッケルズ	イニレス・ロード30番地	40	事務員
ティルデスリ＝マーシャル夫人	プレスター・アヴェニュー14番地	37	既婚婦人
エミリー・ポッツ	ミンスター・アヴェニュー、ローレルズ老人ホーム	29	正規看護婦
ジェイムズ・ステルチ	イニレス・ロード3番地	50	〈おはよう大麦〉社門衛
アースラ・フィンチ	クレイピッツ・ロード、〈クラリオン〉編集部2階のフラット	35	〈ホームデイル・クラリオン〉社主、編集者
ミュリエル・ローランド	フォーツリーズ・ロード2番地	19	速記者
サー・モンタギュー・フラッシング	ホスピス	56	ホームデイル田園都市株式会社会長
ハリー・フォーンビー	バトリー、バトリー・クロフト3番地	30	煉瓦職人
シドニー・ジェフソン	警察署	45	巡査部長
ロジャー・ウィルズ夫人	イニレス・ロード14番地	27	既婚婦人
フィリップ・マシューズ	ザ・ニュー・アプローチ4番地	14	学生
L・C・A・ロックウォール	チャーチ・ロード、牧師館	61	英国国教会牧師

六番目の項目にまとめました。この項に記した分析結果から、完璧なアリバイを持つ四名——クロード・ニッケルズ、ティルデスリー＝マーシャル夫人、ウィルズ夫人、フィリップ・マシューズ、ある程度信頼出来るアリバイを持つ二名——エミリー・ポッツ、ジェイムズ・ステルチ、供述の裏取りが不充分な（おそらく真実を語っているものと思われますが）二名——ミュリエル・ローランド、ハリー・フォーンビー、供述自体が不充分か、裏が取れていない、あるいはその両方である四名——アースラ・フィンチ、モンタギュー・フラッシング、シドニー・ジェフソン、ロックウォールに分けられました。

ニッケルズ、ティルデスリー＝マーシャル、ウィルズ、マシューズは容疑者から外しております。慎重に供述の裏付けを取ったところ、全ての犯行時刻において現場の近くにいた可能性がないためです。

アリバイの一部はしっかりとしていて裏付けも取れるが未確認である、ふたつのカテゴリの者たち——ポッツとステルチ、ローランドとフォーンビー——は、供述の裏付けが完璧に取れるか、あるいは取れないことが判明するまで監視下に置いています。そのための要員として、昨日、電話で局長に要請し、今朝バトリーで合流した者たちの一部を配置するつもりです（ハンドリー刑事は一目で警察とわかるような風貌のため、この任務に適さないと判断し、帰しました。可能であればリチャーズを派遣してください）。

最後のカテゴリの者たち——フィンチ、フラッシング、ジェフソン、ロックウォール——は、対象に悟られる恐れがないと思われる特別監視下に置いています。ブッチャーがこの十二人の中にいることは確実であり、私の見立てでは最後のカテゴリの四人の内のひとりに絞られておりますが、尋問などから我々がブッチャーに近付きつつあることが本人に気付かれていることは間違いないでしょう。しかし、気付かれていることでブッチャーが「鳴りを潜め」ようとする危険は、彼がすでに手紙で宣言しているという事実によって差し引きゼロとなっております。一昨日に写しを送付しました最新の手紙を参照ください。

そして、最後のカテゴリに属する四名の家宅捜索を可及的速やかに行うことを提案いたします。可能であれば対象に知られることなく家宅捜索を行うために、私がこの街で使っている部屋か、警察署で銘々と面談し、最近の尋問等で迷惑をかけている件を私から謝罪することも同時に提案いたします。この面談は二重の目的を持っており、私が上手く立ち回ったなら、家宅捜索時に被疑者を遠ざけ、逮捕に繋がる次の行動を誘い出すような（ブッチャーは十中八九この四人の中にいると私は見ています）虚偽の安心感を植えつけられることでしょう。

全員が釈放されてしかるべき、リード、スプリング、ゴドリーの不適切な逮捕を受け、充分な証拠があるか、市民の安全に関わる緊急時でない限り、以降の逮捕は禁ずとの副総監の指示を肝に銘じております。

捜査状況に満足のいく進展があったと私は思っておりますが、いかがでしょうか。ついにこの事件に決着がつく時が近付いている手応えを私は感じております。そしてまた、ブッチャーが逮捕されるまで、地元警察を含めたこの街の住人に対し、これまでの捜査（上述の通り）と今後の捜査において例外なく秘密厳守を貫く姿勢が引き続き賛同と尊重を受け、たとえ本部長でも捜査本部の者には情報がわずかでも漏れることがないよう希望いたします（この方針を貫かざるを得ない理由は、主要な被疑者四名の欄をご覧いただければおわかりでしょう）。
本日からまた毎日の定期報告を再開し、緊急の要件や重大な進展があった場合は、無論、電話で連絡いたします。

（署名）　アーノルド・パイク

追伸――郵便ポストの策のために協力者に引き入れた郵便局長のマイヤーズですが、私の判断で呼び戻すまでホームデイル市外に留まらせていることを報告いたします。現在、局長はバトリー郊外の小村、ペンダーズ・クロスに私が手配した部屋に滞在しております。私の責任で、事件が解決した暁には経費と充分な謝礼を払うことを通知しております。信頼に足る人物とは思いますが（もちろん、協力者にする前に、犯行時刻のアリバイが満足出来るものであることは確認済みです）、撮影フィルムを観た彼に、ホームデイルで自分しか知らない秘密を漏らされることがあっては敵いませんから。

A．P．

第十六章

エグバート・ルーカス氏は電話でアーノルド・パイク警視と話していた。

「……昨夜、この回線でなら君に電話をかけても大丈夫だと言っていたね。何の話をしても構わないということかな?」

「そうです」

「どうやったんだ?」

「マイヤーズです――郵便局長の。特別の回線を引くよう、手配してもらったのです。ちょうどよい時に電話をいただけました。出掛けようとしていたもので……。何かあったのですか?」

「そんなに心配そうにするな! いいや。君の仕事には大変満足している。警視総監の今朝のお言葉を聞かせたかったよ……。いや、特に何事もないね。実を言うと、皆、君が今すぐにでも犯人を逮捕するのではないかと思ってそわそわしているところだ……」

「ご期待に添えられるかどうか」

「うん? どうした? 何かまずいことでもあったか?」

「特に何もありませんが、家宅捜索の結果が思わしくなかったもので――ロックウォールとフラッシングの家です。フラッシング邸はかなり大変でしたが、スタラードが使用人を誘い出し、私が署でサー・モンタギューと話している間に、ブレインとカーティスのふたりが何とかやってくれました……」

「家からは何も見つからなかったということかな、パイク？」

「そうです、そのようです。あるべきではないものは何も見つかりませんでした。医者が見立てた凶器と合致するものも。ブッチャーの便箋も、インクも。何もです！」

「それで信念がぐらついたのか、パイク？　君の計略が上手くいくか心配になったか？」

「いいえ。却って決意が固まりました――」

「いいかな、パイク。君の個人的な意見を聞かせて欲しいんだが。君は四人の内の誰だと踏んでいる？　ジェフソンかな？」

「そうですね……もしよろしければ、今の段階での意見は差し控えさせていただきます。個人的意見まで機密事項か、と仰られるかもしれませんが」

「ずいぶんと慎重だな、パイク。だが、これから何をするつもりなんだ？　少々行き詰まったように見えるが。ブッチャーはしばらく動きを止めると通告し、四人の被疑者は絞りきれない……。厄介なことだな！」

「考えがあります。実は、副総監から電話をいただく直前に思いついたのです。その線でどうにか出来ないか、手回しに行くところでした」

「さすがだな！　どんな手だ？」

「手筈が整わないこともあり得ますので、詳細は伏せさせてください」

「了解だ、パイク。お休み、幸運を祈っているよ」

「お休みなさい、副総監、ありがとうございます」

二

州警察本部長は呆気に取られた。困惑顔で見詰める執務机の向こうには、パイク警視が立っている。

「わからん！」本部長は言った。「意味がわからん！　……何をしたいのか、意味もわけもさっぱりわからん！」

パイクは申し訳なさそうな顔をした。「済みませんが、お困りのわけをお話しくださいますか？」

「よくもそんな！」本部長は爆発した。「よくもそんなことが言えるな、パイク！　あの卑劣漢が跳梁し、人々があちこちで切り裂かれていた時、私の部下が提案した夜間外出禁止令に反対したのは君だぞ。それが今、何も起きず、あの異常者がしばらく事件を起こさないと言ってきた時にのこのこやって来て、やはり外出禁止令に賛成ですだと？　何だそれは！　まるきり意味がわからん！」

パイクは相変わらず申し訳なさそうな顔を見せていたが、引き下がる気はなさそうだった。

「何もかもが静かすぎるように思えるのです。ブッチャーがまた我々の裏を掻こうとしているのではないかと……。夜間外出禁止令が必要だと、私も考えを改めました」

慇懃な口調に本部長の怒りも少しだけ収まったが、戸惑いはまだ残っていた。

「何故今なのか教えてくれ」本部長は言った。「いつまた被害が出てもおかしくないという時ならば、私だって何としても強行しただろうが。今は事件が下火になり、協力を強いられるような緊張感溢れる状況から人々が解放されている時だ。住民は毎晩、映画館やパブなんかに行きたがるよ。これで夜間外出禁止令を敷けると思うのかね、警視殿。出来るわけがなかろう！　やらねばならん理由だってわからんのだ！」

「私が言いましたのは」パイクは説明した。「夜間外出の禁止ではありません。警察からの要請という形で、『警察が入手した情報を考慮して』とか――まあ、そういった感じのもっともらしい理由をつけて、夜は、そうですね、八時以降の外出を控えてくださいと、市民に協力を求めて欲しいのです」

本部長は咳払いをし、口の中で返答を渋った。だが、飽くまでも嫌みのないパイクの粘り腰に、とうとう折れた。

三

「住民の協力による夜間外出の自粛」は二日間実施された。そんな折、カーティスは車を飛ばし、真っ白な濃霧に包まれたメイン・ロードを猛スピードで突っ切ると、ホームデイルの入口に当たるメイン・ロードとデイル・ロードの交差点で停止した。

金属的なブレーキ音を立てて車は停まった。白い霧はうっすらとした渦を巻いて流れている。カーティスは袖で窓硝子を拭い、外を覗いた。半球レンズを嵌めたブルズアイ・ランタンを手にした制服巡査の輪郭が浮かび上がる。カーティスは窓を下げ、犯罪捜査課の身分証を提示した。巡査は目を凝らし、初めに身分証を、次にそれを差し出している人間をじっくりと見た……。そして、一歩下がると、ヘルメットに片手を添えた。

「失礼しました」巡査は言った。「皆、勇み立っとりまして。特に、今は霧が出始めてますもんで」

カーティスは頷き、車のギアを入れてデイル・ロードを走っていった。

十分後——普段なら二分で着く距離だが、ホームデイルの谷間に降りた霧のあまりの濃さに、これだけの時間がかかってしまった——車はフォーツリーズ・ロード十二番地の前で停まった。パイクが自分で玄関を開けた。緊張で神経を尖らせているようだ。パイクはカーティスを家の中に引き込むと、声を怒らせた。「手に入ったか?」

カーティスは頷いた。明かりの下で目を瞬かせる。目がしょぼつき、霧のせいで喉がまだむずむずしている。「はい」何とか声を出して答える。「いい仕事をしてくれたと思います」

マラブル嬢の下宿の表に面する一番いい部屋で、彼らは赤々と燃える火の傍でテーブルの上に屈み込み、カーティスがロンドンから運んできたものの一部をじっくりと見た——品定めをしているのは、特徴的な書体と特徴的なインクでたくさんの文字が書き込まれた、正方形の黄色い便箋である。

パイクは唸った。頭を上げ、また頭を下ろして品定めに戻る。

「悪くない！」パイクは言った。「なかなかだな！」ポケットから札入れを出すと、パイクはそこから丁寧に折ってある同じ色の便箋――ブッチャーの一枚目の手紙――を一枚取り出した。便箋を開くと慎重な手つきで折り目を伸ばし、卓上の便箋の横に並べる。

「いい出来だ！」ようやくその一言が出た……。「これは誰の仕事だ？　ブロツキーか、マクスウェルか？」

「結局」と、カーティス。「フォクシーが引き受けました」

「どれも皆同じ出来映えか？」パイクが尋ねる。「封筒も？」

「皆、同じです」カーティスは答えた。「どれもそっくりです。……ところで、ルーカス副総監にお会いしました。警視殿の草稿は素晴らしい出来だったと伝えて欲しいそうです。二、三カ所だけ手直ししたとも」

パイクは唸った。「ああ、見てわかった。副総監殿のでいい。読み上げてくれるか、カーティス。さて、どんな具合かな……」

四

マラブル嬢の下宿の玄関ホールで、電話のベルがけたたましく鳴り響いた。電話に出たマラブル嬢はすぐに身を翻し、二階へと駆けていった。

マラブル嬢はパイクの部屋の扉をノックすると、返事を待たずに部屋に入るという彼女らしからぬ行動を取った。

窓辺のベンチの定位置に座っていたパイクが振り返り、立ち上がってマラブル嬢に挨拶した。

「おはようございます」

「ああ、パイクさん！　警察署からお電話がありましたよ。本部長さん直々に」マラブル嬢は息を切らしていた。「急を要する用件のようですわ。すぐに呼びに行ってくださいって、三度も仰いましたの」頬はいつもよりもほんのりと色付いている。「三度も仰いましたのよ！」彼女は繰り返した。「そして、電話を切ってしまいましたの」

マラブル嬢が立ち去ると、パイクはひとり、ひっそりと微笑んだ。初めは口の端をきゅっと吊り上げた程度の笑みだったが、下宿の階段を降りていく時には、パイクの顔はすっかり綻んでいた。

だが、この数週間（ジェフソン夫人にとっては数年に等しい）、本来の用途から外れた使い方をされ続けてきた居間に入っていった時には、笑顔どころか笑みの気配さえ、パイクの瘦せた顔から窺うことは出来なくなっていた。

本部長に、デイヴィスとファロー、それにもちろんジェフソンがいた。ジェフソンまでが加わって、テーブルの周りに輪を作っている。誰かが気付くまで、パイクは一分ほど黙って立っていた。最初にパイクに目を留めたのは本部長だった。

「やっ、と、お出ましか！」本部長は言った。本部長はいつもと感じが変わっていた。肉付きのよい顔が弛み、血色も悪い。目の下の隈の黒ずみは打ち身のようだ。手と同じように震えている声は、苛立ちをぶつけることで恐怖心を隠そうとしているように聞こえた。「見たまえ、警視殿、これを見たまえ！」

パイクはテーブルに近付くと、はっとして足を止め、目を見張った。「またブッチャーからの手紙ですか！」

ファローが無言で黄色い便箋の隅を摘んで持ち上げると、パイクが読めるように差し出した。パイクは声に出すともなくそれを読んだ。

「親愛なる警察諸氏へ

残念ながら、小生はこの無為の日々に耐えられなくなってきていることをお伝えしなければなりません。そう聞いて、貴君らは嬉しく、あるいは悲しく思われていることでしょう。おそらく、その両方だろうと小生は考えます。自分たちでは小生を止められないのではないかと思えば悲しく、いつまた事を始めるのかと神経をすり減らす日々が終わると思えば嬉しいのではないでしょうか。

さて、小生は貴君らのために便宜を図り、七度目の――殺生と称しましょうか？　――を翌日（十二月十七日、月曜日）に行う予定であることをお知らせしようと思います。

前回、貴君らに予告した際は小生の洒落っ気が勝り、そして、夜間に動くと期待されていることを知りつつ白昼堂々の犯行に及んだせいで、警察諸兄を大いに戸惑わせたようです。しかしながら、今回はそのような騙し討ちのような手は使わず、午後七時から十時の間に執行（「執行」という言葉はなかなかよい響きだと思われませんか？）する旨をはっきりとここに宣言いたします。

いつも通り、この手紙の写しは親愛なるサー・モンタギュー・フラッシングとホームデイル・クラリオンの元にも送付されております。

貴君らの寛大なる友

ザ・ブッチャー

追伸――今日の小生は常になく親切な気分のようです。哀れなる警察諸兄が自棄に走り、月曜の夜にホームデイル全市を三時間も封鎖するかと思うと気の毒でなりません。ですので、犯行時刻に加え、おおよその場所も告知いたしましょう。犯行現場は、北西端のマーケット・ロードとフォレスト・ロードの交差点から、南端の〈ほったて木屋《ごや》〉に至る何処かと予告いたします。外出禁止令についての心配はご無用。そんなものは小生の邪魔にもなりませぬ！

ザ・ブッチャー」

「ふむ！」と、パイクは呟いた。「何といういう、、、、ことだろう！」

ほんの一瞬だけ、わざとらしすぎたかなという思いがパイクの頭に浮かんで消えた。しかし、周りの者を見回すと、誰の顔にも疑いを抱いている様子は見られなかった……。

第十七章

月曜は晴れ渡り、冷ややかな太陽が眩しく輝く一日になった。だが、日が落ちると英国の気候では珍しくもないパラドックスが起き、気温はぐんと冷え込んだ。四時という早い時刻に、また霧が集まり始めた。五時にはホームデイル全体が白い霧の毛布にすっぽりと覆われた。六時になると、照明で明るく照らされるマーケット前でも、十ヤード先は霧の中だった。七時には五ヤード先も危うくなった。

七時十五分にコリングウッド・ロードとマーケット・ロードの交差点で、視界の悪さに構うことなく歩を進めていたブレインは、自分と変わらぬ実体を持った生きた何かにぶつかった。

「おうっ！」ブレインは低く唸った。正体を探るために手を伸ばす。しかし、手を伸ばそうとしたその瞬間に、何者かの手がブレインの肩を摑んでいた。

フランク・ブレインとジョージ・カーティスの両刑事は互いの存在を認め合った。

「何だよ！」ブレインが声を上げる。「ブッチャーかと思ったじゃないか」

カーティスは笑った。ふたりは歩調を合わせて歩き出した。コリングウッド・ロードを進んでいき、途中で道路を横断してマーケット北側の正面玄関に面する小さな草地に渡る。ここは霧がかなり濃い。腕を伸ばせば手が見えなくなるほどだ。ふたりは足を止めた。

「ここら辺でいいか？」カーティスが尋ねた。

「こっち側なら何処でもいいさ」と、ブレイン。怒り肩の上から首を伸ばし、マーケットの外にぼんやりと浮かぶ街灯の滲んだ光をひたと見据える。「あの野郎がそう書いていたろう？……あのクソ野郎め！」憎々しげにブレインはそう付け加えた。

立ち籠める霧の中で、カーティスの黒い巨体が渦巻く白煙をはねのけ、ブレインに近付いた。その手がブレインの腕をがっちりと摑む。カーティスは静かに言った。

「予告時間がきたぞ」

「おい、よせよ！」ブレインは疑心暗鬼な声を出した。「なあ、A・Pが出発した後、署にいた俺にジェフソンが手紙を見せたんだよ。ブッチャーの手紙はいやというほど見たから、一目見りゃもうそれとわかるんだ」

ブレインは肩を叩くカーティスの力強い指先を感じた。「あの手紙だがな」と、カーティス。「フォクシー・マクスウェルが書いたんだ。昨日、俺はその場にいたからな。おまえさんに会っていたら話してたんだが。おまえには話しても構わないとA・Pから言われている」

「はあ──そりゃ驚き──」ブレインは続く駄洒落を最後まで言い切った。そして、驚きのせいで受けたショックから醒めると、不満そうにカーティスに尋ねた。

「けど、何でだ？」

「おいおい」と、カーティス。「A・Pはすごいことを考えつく人だ。俺もおまえもそのことはよく知ってる。だが、この策はA・Pが考えた中でも最高の手だよ。『有力候補』って奴を四人にまで絞っちまった。じいさん、モンティ・フラッシング、クラリオンのフィンチ女史、それに——それに」——ここでカーティスは低い声をさらに下げた——「あいつだよ！」

「ジェフソンか？」聞き返すブレインの声は囁きに近かった。

カーティスは咳込んだ。「忌々しい霧だ！」カーティスは毒づいた。「そう、あいつだよ。なあ、すごいことじゃないか？　五、六千人いた容疑者が四人にまで減ったんだ。ヤードにだってこれだけの時間でここまで出来る奴はそんなにいない。いや、実際、A・Pだけさ……」

「ああ、そうだな」ブレインはじりじりしている。「だが、手紙は何だ？　どういう作戦なんだ？」

「わからんか？」カーティスの優越感は控えめだった。「A・Pはこの手紙がロックウォール以外の容疑者全員の目に触れることを知っている——だが、ロックウォールも噂を耳にするだろう。ところで、ブッチャーはこの四人の中にいる、そうだな？」

「いる、じゃなくて」慎重なブレインは言った。「いるかもしれない、だ」

「いや、いる、だよ」と、カーティス。「しかし、ここはおまえさんの言う通りにしよう。改めて、ブッチャーは十中八九この四人の中にいる、そうだな？」

「そうだ」ブレインは相槌を打った。「それで？」

「それで、この四人は新たなブッチャーの手紙のことを聞き、ほとんどが目にもする。その中にいるブッチャーが、何処かの馬の骨がブッチャーに成り済まして手紙を書き、ブッチャーの代わりに自慢話を吹聴しているのを知ったらどう思うだろう？」

「そう――だな」と、ブレイン。「困惑と嫉妬みたいなものを覚えるんじゃないかな。両方いっぺんに」

カーティスは満足気な表情を浮かべた。「Ａ・Ｐもほとんど同じことを言っていた！」

ブレインは考えをまとめようとした。「じゃあ、この偽の手紙でブッチャーを表に引きずり出せるかもしれないというのがＡ・Ｐの計算なんだな？　どんな奴が自分に成り済ましているのか、顔を拝みに来るだろうから。そういうことか？」

「そういうことだ」カーティスは霧に向かって手振りをしてみせた。「この道をやって来るのは誰だろうと――特に、あの四人の内のひとりなら――九九・七五パーセントの確率で、そいつがブッチャーだというわけさ。しかも、俺たちに全く損はなしという寸法だ！」

「損はなし！」と、ブレイン。「まったくだな。Ａ・Ｐは本当に目標に狙いを定めたんだな」

「いいか」と、カーティス。「この道をやって来る奴はどいつもこいつも――もしも来たのが奴だとしても――ここに来た理由をちゃんと用意してのお出ましだから――」

ブレインは頷いた。「その通りだ。俺たちがその場で奴を引っ捕らえることは十に一つも無理だ。でも、後でわかる……」霧が喉に沁み、咳き込んだせいで、ブレインはそれ以上言葉を続けられなくなった。ますます厚く張り出してきた霧は濃密な渦を巻き、灰色に濡れそぼった、手で触れることの出来ない毛布のようにまとわりついてくる。

「冷えてきたな」カーティスは低く呟いた。「歩こうや」

ぼんやりとしたふたつの大きな影が白い闇の中を行きつ戻りつする。ときおり立ち止まっては耳を澄まし、また歩き出す。足に熱が戻り、体もある程度温まってきたが、霧はまだ晴れない。霧が沁みて目は痛み、鼻に入り込んで羊毛を呼吸しているような息苦しさを覚える。肺に吸い込まれた霧は咳を引き起こした。

そして折に触れ、ブレインがカーティスに、あるいはカーティスがブレインにこう尋ねた。

「今、何時だ？」

ふたりのやりとりは、ブレインが「九時十五分だ。どうやら――」と答えるまで続いた。

「シッ！」カーティスの鉄の指がブレインの腕を締めつけた。

ふたりはぴたりと動きを止めた。何も聞こえない。ブレインは落ち着きなく軸足を入れ替えたが、カーティスの指が締め付けを強め、おとなしくさせた。

「聞くんだ！」カーティスが言った。

霧の遮音カーテンに包まれていた音は、生きた人間の存在を知らしめるほどにすぐに大きくなり、かつかつと早足で舗道をやって来る靴音がふたりの元に届いた。

ブレインが飛び出そうとした。

「待て！」カーティスは囁いた。「A・Pがいる。道路の反対側に。だから待つんだ」

ふたりは待った。マーケットの街灯に照らされてとりわけ白くなっている場所を目指す足音が、ふたりのすぐ目の前を通り過ぎようとした時、第二の足音が忽然と現れた。聞き慣れた足音にふたりの耳はすぐに気がついた。

最初の足音が唐突に止まった。そして、二番目の足音も……。

「行こう！」ブレインが言った。

ふたりは草地から道路に出ると、街灯の光で霧が薄くなっている地点を渡った。距離が縮むに連れ、パイクの声と、別の誰かの声が聞こえてくる。ふたりは忍び足で近付いた。ふたつの声は楽しげにやりとりをしている。だが、ふたりはわかっていた。今や、立ち話をしているひとりがアーノルド・パイクであることが、耳だけでなく目でも確認出来る距離に来ている。しかし、ふたりの目はパイクではなく、もうひとりの方に向けられていた……。

二

その夜の十一時半、カーティスとブレインはマラブル嬢の下宿の居間で椅子に浅く腰を下ろしていた。ぱちぱちと火が爆ぜる暖炉の前で、パイクがそんなふたりを眺めている。ブレインを見て、パイクは言った。

「カーティスから話は聞いているんだな？」

ブレインは頷いた。「はい」

一瞬の沈黙の後、パイクは再び口を開いた。その目は今はカーティスに向けられている。

「見たか？」

カーティスはぼそぼそと肯定した。彼は不安そうな目で上司を見た。パイクの痩せた顔がいつもより細長く感じられる。眉をひそめた額には鑿で彫ったような皺が刻まれていた。

沈黙を破ったのはブレインだった。

「これからどうなるんでしょうか？」ブレインは質問した。「自分たちに何が出来るでしょう？」

パイクは肩をすくめた。この事件を担当して以来、彼が汚い言葉で毒づいたのは二回目だった。

「クソが、俺にわかるわけがないだろう。何にせよ明日だ。おまえたちは通常業務をこなしに行け、誰にも何も言うな。明日、俺がここにいなければ、街に出ているからそのつもりで。では、お休み！」

ふたりは出ていった。後に残ったパイクはひとり、マラブル嬢の暖炉で踊る炎を見詰めていた。椅子に深々と座って膝に肘を突き、両手で顎を包み込んで……。

三

翌日、パイクはロンドンに向かった。ホームデイルではカーティスとブレインが全く必要のない業務を無表情でこなしながらパイクを待っていた。

ようやくパイクと顔を合わせた時、時刻は夕方の六時半を過ぎていた。日付は十二月十八日の火曜日である。パイクが持ち帰った知らせに、ふたりはひどく面食らった。

「戻る、のですか？」と、ブレイン。「奴の正体を暴きもせず……」

パイクは頷いた。「我々は明日の朝戻る。今夜、本部長に会ってくるよ。その後でまたおまえたちと会う」

　カーティスとブレインはパイクを見た。むらっ気のパイクがころころと表情を変えるのはいつものことだ。だが、今、ふたりに向けている無表情の細面から読み取れるものは何もなかった。

「我々には奴を逮捕する手立ては何もないのですか？」ブレインは答えを知っていたが、行き場のない感情を質問でぶつけるためにそう尋ねた。

「今の俺たちが持っている手でか？」パイクは悲しげに答えた。「ないのは承知だろう。家宅捜索をしたな？　持ち物も全部調べた。何も見つからなかった。何も！　見つからなかったどころじゃない。指紋も、証拠も――あるのは俺たちの頭にあることだけだ……。これでどうやって逮捕出来る？　五分後には国中のお笑い種だ！」

四

「ふむ」本部長は言った。「非常に残念ではある、が、彼の言い分も理解出来る」本部長は通知書の下段を指先でとんとんと叩いた。見ていない振りをしていても、そこにはルーカス副総監の署名があることはパイクも知っている。「スコットランド・ヤードの考えがわかるということだよ。それから、これは言っておかねばならんな、警視殿、君の有益な助言が――あー――その――」ここで本部長は言葉に詰まり、弱々しい声で「まあ、いろいろと。後は私の部下たちが引き継いでくれるだろう。だから、これでいいのだよ」と何とか結んだ。

本部長は立ち上がり、ぽっちゃりとした震える手を差し出した。パイクは素っ気なく握手を交わした。デイヴィスとの握手はさらに素っ気なかった。ファロー警部補に向き直ると、警部補のハムのような手をがっちり握り、心の籠もった握手を交わした。ジェフソンに会釈をし、本部長には顎をくいと引いただけの会釈とは言い難い会釈をすると、パイクは出ていった。

外ではクロスリーが待っていた。中にはカーティスとブレインが乗っている。パイクが乗り込むと、車は出発した。

車は街を回り、多くの者が街を去る彼らを見た。

十二月十九日、水曜日の正午のことだった。午後一時にはホームデイル中が彼らがいなくなったことを知っていた。ホームデイルは噂した。彼らの出発に反対し、ホームデイルで抗議の声が上がったが、いなくなって喜んでいる者もいた。呪われた事件が起きてからずっとそうだったように、この件をめぐってホームデイルの意見はいくつにも別れた。

ファローとデイヴィスを両脇に従え、本部長はエグバート・ルーカスと署名された書簡を読み返した。部屋の隅ではジェフソンが直立し、指示を与えられるのを待っている。本部長は書簡の最後の段落を声に出さずに唇だけで読み上げた。

「……従って、警視総監のたっての希望で、パイク警視と部下がこれ以上ホームデイルに留まる必要性を感じないとの総監の見解を、私からお伝えします。ついぞない惨劇に見舞われ、異例の状況下にあるホームデイルに対し、警視総監はあらゆる援助を惜しまないことを約束されてはいますが、人員不足から、パイク警視と部下を無期限で貴所に派遣しておくわけにも参りません。

捜査に進展があったり、状況に新たな展開が見られた場合は、無論、犯罪捜査課として能う限りの支援を行う所存であります。それまでは、どうぞ捜査官を引き上げておくことをご了承ください。敬具。エグバート・ルーカス」

「言うべきことは」本部長は腹立たしげに言った。「これだけか！　今回のことでスコットランド・ヤードに対する私の評価が上がったとは言い難いね。我々に出来なかったことでヤードは何をやった？　どうだ？　何かあるか？　……」

ファローは唸り声を上げげた。だが、デイヴィスはこう言った。

「何もしておりません。そして、僭越ながら言わせていただきますと、まるで役に立ちませんでした。何にせよ、我々はブッチャーを抑え込んでおりますからな」

本部長はかぶりを振ったが、口元には愉快そうな笑みを浮かべていた。「そうだな」と、本部長。「確かに、最後の手紙にあった予告は実行されなかった、そうだな？」

「それに」デイヴィスが自信たっぷりに答える。「これからもされることはないでしょう」

ファローは唸り声を上げた。

第一八章

水曜、木曜と、また霧の夜が続いた。だが、金曜には風向きが変わり、雹《ひょう》が混じる土砂降りの雨が降った。ホームデイルでは家々の赤い屋根に雹が当たって激しい音を立て、排水溝がねっとりとした黒茶色の濁流と化した。

午後遅くに始まった嵐は、夜になっても治まる気配を見せない。大荒れの天気と、住民の協力で今も続けられている「夜間外出の自粛」もあって、警察や特別パトロール隊でもない限り、ホームデイル市内を出歩いている者はいないだろう。

ところが、十一時を回ろうという頃、痛ましい様子で雨の中をひとり流離《さすら》う、ただならぬ影があった。

人影は小柄で、汚れのひどい毛糸の服は太股の中ほどまでしか裾が届かず、痩せた脚が踝まで剝き出しになっている。服の上に着た擦り切れた黒い毛織の外套も丈が短く、肩周りは大きすぎ、襟元と袖口が虫に食われている。小さな足を覆う靴はぺらぺらで、今にも靴底に穴が開きそうだ。雨を防ぐ帽子もなく、泥染みたリボンで先端を結わえた耳にかかる二本の編み下げ髪は、肩でしとどに濡れている。

雨水が筋となって顔を伝い、ときおり混じる雹が肌に突き刺さる。人目を避けるようにコリングウッド・ロードを行くその姿は、垣根の陰に身を隠そうとしている動物のようだ。足音が近付いてくる。重々しく勇壮な足音を響かせているのは、州警察本部長が最近人員を倍増させたパトロール隊員だ。彼女は物陰にそっと逃げ込むと、門の後ろで小さくなった。体がぶるぶると震えた。

のっそりとした物々しい足音が、ゆっくりと通り過ぎていった。門からこっそりと出てきた小さな人影が舗道に戻る。そしてまた、辺りを警戒しながら忍びやかに進んでいった……。

二

ホームデイル・クラリオン編集部には明かりが灯り、その階上にあるホームデイル・クラリオンの編集者が住むフラットの玄関ホールにも、やはり明かりが灯っていた。

フィンチ女史は自分のフラットから編集部に降りてきていた。手紙を書いているのだ。吸い取り紙の上にきっちりと重ねた便箋に文字が綴られていく。紙幅が尽きた。次の紙がないことに気付いた女史は立ち上がると、部屋の片隅に堂々と立つ、全四十七巻の『アメリカン・サイクロペディア』を収めるためだけに特別に用意された書棚に向かった。背見出しに「Par-Pork」と書かれた巻を取り、ページを開いて書棚卓に置くと、親指ともう一本の指を小口に滑らせ、探していたものを——二十四ページに渡って外縁を糊付けしてある部分を見つけ出した。ページを貼り合わせて作ったポケットに差し入れた左手が、一枚の黄色い紙片と共に抜き出される。左手は手袋をはめていた。

女史は机に戻った。風変わりなペン先を付けたペンを小さなインク壺に浸し、中断していた作業を再開する。便箋にこんな文字が並んだ。


……だからこそ、真実、小生には感じられるのです

だが、その先が綴られることはなかった。はっとして女史は顔を上げた。耳を澄ます彼女の美しく大きな瞳がすっと細められる。小鳥のような仕草で、髪をきっちりとまとめた頭を傾げる。フィンチ女史は滑らかな動作で吸い取り紙を一枚めくると、二枚の書きかけの便箋を素早くその下に隠した。そしてまた、流れるような動きで、机左袖の抽斗にインク壜を仕舞う。彼女は抽斗に鍵を掛けると、仕立ての素晴らしいツイード地のジャケットのポケットにそっと鍵を落とし込んだ。

先ほど耳にした音がまた聞こえた。編集部のドア・ノッカーがこんこんと小さな音を立てている。フィンチ女史は立ち上がった。「主筆」の札が掛かる開け放しの硝子戸を抜け、廊下に出る。玄関に出るまで、様々な表情が女史の顔を行き交ったが、扉を開けた時には彼女の魅力をなおいっそう引き立てる微笑が浮かべられていた。扉を大きく開け、叩きつけるような雨が猛烈に降り注ぐ暗闇を見回す。その目が不意に、足下にうずくまる小さな人影に気付いた。舗道に通じる三

段しかない外階段に倒れ込むような格好で、誰かが地べたに力なく座り込んでいた。

　フィンチ女史は電灯のスイッチに手を伸ばし、廊下の明かりを点けた。外階段が眩しい輝きに照らし出される……。

「まあ、あなた」フィンチ女史は声を上げた。「一体どうしたの？」

　女史は戸口に留まったまま、足下に視線を注いだ。ぐったりと項垂《うなだ》れていたみすぼらしい人影が小さな頭を持ち上げる。先端を汚いリボンできっちり結わえた、二本の短いお下げ髪が滑稽に突き出た小さな頭。黄色い光を浴びて見上げる顔が、白い卵形になって闇に浮かび上がる。疲労と恐怖で濃い隈に縁取られた黒い瞳が女史を食い入るように見詰めていた。

「おっかねぇ目に遭ったんです！」か細い声が震えた。「迷子になって……そいで……そいで……」——細い腕が出てきて、微かなジェスチャーをした——「そいで、男の人に遇ったんです。そいつが追っかけてくるもんで……もう、おっかねくて。ねえ、中に入れてくれませんか？」

「気の毒に」フィンチ女史はゆっくりと言った。「いいですとも。お入りなさいな」女史は脇に寄って道を空けた。小さな姿はつらそうに立ち上がると、荒く息をつきながら階段を上り、敷居を跨いだ。

「ふわあ！」か細い声が上がった。「あったかくて、ずいぶん素敵なとこですねえ！」痩せた指が不意に女史の腕を掴んだかと思うと、ものすごい力で締めつけてきた。「奥さん、あいつ、あたいをつけてきた奴。あいつはこの家には入れませんよね？」

　フィンチ女史はおもむろに手を持ち上げ、濡れそぼった薄い肩をぽんぽんと叩いた。

「もちろん、大丈夫ですとも。この家には入って来られないわ。可哀想に、すっかり濡れてしまって。さあ、入って入って」

濡れたボロ越しに骨の感触が伝わってくる華奢な肩にそっと手をあてがったまま、フィンチ女史は来訪者を編集室の開いた扉の中へと優しく招き入れた。「火が点いているから」女史は言った。「暖まるといいわ。服も乾かしましょうね」

開け放された戸口の向こうに赤々と燃える大きなガスの炎を見るや、浮浪児は歯の根が合わなくなるほど冷え切った体で暖炉に駆け寄って、火の前に屈み込んだ。

フィンチ女史はその後ろをゆっくりとついていった。足を止め、客を見下ろす。女史の目は零れずに溜まった涙のような光沢を帯びていた。

「ふわあ!」来訪者はまた声を上げた。「ここは本当にあったかくて素敵なとこですねえ! 外ときたらとんでもねえ寒さで」

「まあ!」女史は愕然とした。「まあ!」

「いえ、ほんと」と、来訪者。「死んじまいそうなほど寒いし、ずぶ濡れになるのなんのって」

「そうでしょうとも」女史の声にはひび割れたような響きがあった。みすぼらしい娘の傍らに膝を突き、優しい手つきでぐしょ濡れの外套を脱がせる。外套から滴る水が灰色の絨毯に小さな黒い水たまりを作り、女史は体を遠ざけた。背を丸め、垢染みた手を火にかざす来訪者の姿は、哀れみを誘う猿のようだった。

まだ外套を手にしたまま、フィンチ女史がもう一度話しかけた。声がどうもおかしい。玄関扉を開けた時の声ではなくなっている。先ほどより掠れ、言葉が彼女の口から出てくるには大きすぎて、喉でつかえてしまったような声音だ。

「でも、一体何をしていたの？　こんな夜遅くにひとりで外に出るなんて！　それに、いくつなの？　……あなた、何歳なのかしら」

「十三です」浮浪児は怯えた様子で振り向くと、肩越しに女史を見た。片手を上げているのは、殴られても身を守れるようにしているからか。

「なんも悪いことはしてません。迷子になったって言ったじゃないですか！」

「わかっているわ」そう言うと、フィンチ女史は少し前に出た。濡れた外套が足を掠めたが、気付いた様子はない。「あなたが悪いことをするわけがないわ」そこで急に濡れた外套に気付いたようだ。事務椅子の背に丁寧に掛け、再び暖炉の方を向くと、立ったまま客に視線を落とした。

「話してちょうだい」と、フィンチ女史。「どうして迷子になったの？　あなたみたいな十三歳の子供がこんな遅くに街をうろつくなんて何があったの？　住まいはホームデイルではないのでしょう？」

「家なんてありません」客は答えた。「父ちゃんのトレーラーハウスで、いろんなお祭りを回るんです。で、今日の午後、ご飯を食べるってんで止まったら、干し草の山を見つけちゃって。寝転がったらそのまま眠っちまって、目が覚めたら父ちゃんも母ちゃんも車もスポットも――あたいの犬です――とにかく、みぃんないなくなっちゃってたんです。走ってずっと追っかけてみたけど、駄目でした。真っ暗になっちまって困ってたら、この街が見えたんで、寝床か食べ物でもちょっともらえないかと思って、何軒か頼んでみようと思ってたところだったんです。そしたら、あの男が追っかけてきて――うう！　おっかねえのなんのって……」

「可哀想に」と、フィンチ女史。「あなたはまだ十三歳で、お父様はトレーラーハウスを持っていて、車と一緒にいなくなり、あなたは自分が何処にいるかもわからないし、お父様もあなたが何処にいるのかわからないと、そういうことね？」

「そうです、その通りです！」少女は目元を手で擦りながら、鼻をすんすん鳴らした。「そうなんです。自分が何処にいるかもわかんねえし、父ちゃんもあたいが何処にいるのかわかんねえ――もう二度と会えなくなったって、父ちゃんにはどうでもいいことだろうし」

「そんなこと言わないの」女史は聞いたことのない声でぴしりと言い、「そんなことを言っては駄目よ！」と、にっこりと微笑んでみせた。

「いいものをあげましょう」女史は言った。「熱いココアに牛乳と砂糖をたっぷり入れて、バタ付きパンを一緒にいかが？　お口に合わない？」

「合いますとも！」客は答えた。「ありがたくいただきますよ」

フィンチ女史はきびきびとした身のこなしで出て行った。「では、持ってきましょうね」という女史の声が、開け放しの扉の向こうから聞こえてきた。

階上の自宅へと、絨毯敷きの階段を足音が駆け上がる。

来訪者は追い立てられた獲物のような目で周りに視線を走らせた。扉。派手な柄のカーテンが掛かる窓。そして、使い心地はよいが厳めしい家具を見回す。少女は部屋の真ん中でフィンチ女史のテーブルの横に立つと、天井に大きく開いた天窓を見上げた。それから、落ち着きなくインク壺に、それから鉛筆に触れ、最後に、両端に象牙の嵌め込みがある黒檀の定規を手に取った。階上では、フィンチ女史が狭いフラットの玄関に置かれた曲木《まげき》細工の帽子掛けの前に立っていた。呼吸は荒く乱れ、絹のブラウスを破ってしまうのではないかと心配になるほど大きく胸を上下させている……。

少しずつ、少しずつ、フィンチ女史は曲木細工の帽子掛けに寄っていく。鉤爪のように指を曲げた手が、ずんぐりとした傘の柄を摑んだ……。

フィンチ女史は階段の最上段に腰を下ろすと、左手で音を立てずに靴を脱いだ。傘を杖代わりにして立ち上がり、そろそろと、足音を殺して、静かに静かに階段を降りていく……。

フィンチ女史は編集部の扉の前に着いた。中にいる者からは見えない位置で一度立ち止まる。呼吸が落ち着かない。傘を右手から左手に持ち替えると、空いた右手が傘の柄の辺りを彷徨った。二歩前に出る。血の気を失った顔は真っ白だ。生気のない瞳は硝子玉のようで、海に洗われた小石に似ていた。

ようやく、彼女は戸口の正面に立った。火の傍にうずくまる客は黒檀製の定規を握りしめ、象牙の嵌め込みの片方を唇に押しつけながら、部屋の片隅にあどけない瞳を所在なげに向けている。フィンチ女史は左手に持ったずんぐりとした傘を背中に隠した。室内へと朗らかに歩を進める。声は明るく、明瞭だ。客の近くまで行き、彼女はこう声を掛けた。

「ココアは少し待ってちょうだいね。今、火にかけているところだから。さあ、立って。濡れた服をどうにかしましょうね」

浮浪児の瞳が女史の顔をじっと見詰めた。定規を握りしめたまま、小さな体がゆっくりと立ち上がる。「わかりました」か細く、高い声が答えた。

ふたりは立って向き合った……。浮浪児が一歩下がった。少しくぐもった悲鳴がその口から漏れた。また一歩、今度は二歩。よろめきながら走ってさらに距離を開けたが、副編集長の机にぶつかって逃げ場を失った。彼女は血眼になって周りを見回した――扉、窓、そして、頭上に開いた天窓を。

「どうしたの?」緩やかに距離を縮めながら、女史は尋ねた。

目をかっと見開いた浮浪児の口から、悲鳴が飛び出した。

フィンチ女史はさらに距離を詰めた。「どうしたの?」彼女はもう一度そう尋ねた。

フィンチ女史から視線を逸らさず、浮浪児は再び悲鳴を上げた。後ろ手に隠されていた女史の左手が前面に回された。右手が小さな傘の柄を握る。その両手が別れた……。傘が、柄のない傘がぱさりと床に落ちた。だが、フィンチ女史の右手には、黄色い光の下で蒼白い輝きを放つ薄い物体が握られていた……。

フィンチ女史は鋭い音を立てて小さく息を吸った。その右手が、動いた。

フィンチ女史の来訪者は黒檀の定規を持ち上げると、滅茶苦茶に振り回した。

フィンチ女史は笑い声を立てた……。

空が粉々に砕かれたような音がした。天窓が外側から破壊され、硝子と窓枠の破片が静かな小部屋に降り注ぐ。六フィート頭上からフィンチ女史のすぐ横に落ちてきた黒く、大きく、重い何かが、女史に摑みかかった……。

フィンチ女史が床に転がった……。

外でまた別の破壊音が上がり、硝子が割られた……どかどかと、重い足音が板張りの廊下を走ってくる。

浮浪児はへたへたとテーブルに倒れ込んだ。握りしめていた黒檀の定規が手から零れ、灰色の絨毯の上にすとんと落ちた……。

床では取っ組み合いが繰り広げられている。

突然、ふたりの男が戸口に現れた。フィンチ女史と取っ組み合っている者を含め、三人の男がこの部屋にいることになった。

後からやって来たふたりは一塊になって揉み合うふたりに近付いて屈み込もうとしたが、手が触れるより早くかちりという金属音がして、パイクが立ち上がった。左の目元から顎にかけて長々とつけられた引っ掻き傷に血が滲んでいる。爛々と燃え立つ瞳は獰猛な色を帯びていたが、口元に大きく浮かぶのは勝利の笑みだった。

ガス暖炉の前に敷かれたペルシア絨毯の上では、手錠をかけられたフィンチ女史が拘束から逃れようと体を起こしてもがいている。大きく見開いているせいか、目の色が変わって見える。口を動かしたが声は聞こえない。……真っ白だった顔は紅潮し、黒ずんだ色味を帯びていた。

パイクが前に出た。ふたりの男が付き従う。パイクは身を屈めた。ついに囚われの身となった女の肩にぽんと手を置く。彼は逮捕に伴う文言をぶつぶつと呟いた……。

女は無表情だ……。口だけが声もなく動き続けている……。

形式上の手続きを終え、背筋を伸ばしたパイクに、女が頭を振り上げ、彼の顔に唾を吐きかけた。

三

ラグランズ通りの州警察本部の前に、二台の車が停まった。公会堂の大時計の針は一時四十五分を指している。先頭の車を降りてきた者たちは小さな行列を作り、きびきびとした足取りで自在戸を通り抜けていった。制服姿の巡査部長の敬礼に、パイクは笑みを返した。

「サー・ジェフリーに取り次いでもらえるかな?」

巡査部長はもう一度敬礼した。「もちろんです。本部長も警視殿をお待ちです。こちらへどうぞ……」一行はついていった。

巡査部長が扉を開けると、一列縦隊が入室した。部屋には本部長の他、プロボクサーのような顔に満面の笑みを浮かべたファローと、陰気な狐顔のデイヴィスが待っていた。

本部長が手を差し出しながらパイクに歩み寄った。

パイクは握手した。

「いや、まったく!」そう言ったきり、本部長は二の句が継げなくなった。パイクの背後に控える者たちに視線を走らせる。「ところで彼女は——彼女は何処だね？」

パイクも同じように一同を見回した。「部下と一緒に二台目の車に乗せてあります。少々見苦しいことになっておりまして」

今一度、本部長はパイクの肩越しに視線を送った。カーティスは知っている。ブレインも知っている。だが、ブレインとカーティスに挟まれ、小さな体をぶるぶる震わせている浮浪児は何者だろう。本部長は困惑顔をパイクに向けた。「彼女は何者だね？」

パイクの笑みがますます大きくなった。彼は浮浪児を振り返った。

「これはとんだ失礼を。こちらはサー・ジェフリー・マナリング、ここの州警察本部長でいらっしゃる。……サー・ジェフリー、こちらはバーバラ・フェアリー嬢です。サー・ジェフリーが劇場によく足を運ばれるかは知りませんが、彼女の名前は耳にしたことがあるかと……」

本部長の目が頭から零れ落ちそうなくらいに大きく見開かれた。「まさか」呟きが漏れた。

「『黄金の杯』のダイナ役の？」

「ご名答！」そう言って、浮浪児は供の者たちを順繰りに見回した。「ところで旦那方、ウィスキー・ソーダを一杯いただけないかしら？」

訳者あとがき

本書『狂った殺人』は“Murder Gone Mad”の原題で一九三一年に発表されており、今回底本とした一九六五年エイヴォン・ブックス社発行のバージョン、一九八四年にヴィンテージ・ブックス社が発行したバージョンの、少なくとも二種類が存在している。ヴィンテージ・ブックス社版は著者マクドナルドの死後出版されたもので、初版の復刻本ではないかと推測される。一方のエイヴォン・ブックス社版は、マクドナルド自身の手で冗長と思われる部分を大胆に刈り込んだ最終決定稿という印象である。読みやすさを考慮し、本書ではエイヴォン・ブックス社版を底本とした。諒とされたい。

二者を比較すると、単なる削除に留まらず大幅に書き直している部分もあり、結果、章にして一章分の差異が生まれることとなった。ヴィンテージ・ブックス社版を「初稿版」、エイヴォン・ブックス社版（本書）を「削除版」として、以下に大きな異同を抜き出した。テキスト比較の参考になれば幸いである。

なお、本文中では省略したが、初稿版にはブッチャーの手紙に「一九三×年」という日付の書き込みがある他、本部長の名前にジェラルドとジェフリーの表記揺れ、日付の間違いが見られる。

第一章

ホームデイル駅に到着した汽車や駅内の情景の詳細な描写から始まる。ハーヴィー氏を自宅に連れて帰る道中、労働者の居住区であるヒースコート・ライズなど、産業関係は全て線路の向こう地区《ジ・アザー・サイド》に集約し、上層階級が住む区域と別にすべきとの見解をコルビー氏が示す。サー・モンタギュー・フラッシングがホームデイル田園都市株式会社の一年を総括するスピーチによると、配当金の上乗せはなく、コリングウッド地区の宅地を担保にしなければならなかったが、住民が増え、建設計画も順調に進んでいることから、近い将来には地域協議会を置かれるようになるという。マーケットの総支配人カスバート・メロンを含む六人の取締役の名が列挙される。九時のアザー・サイドのマクストン・ホールでは、ワイルドマン氏なる人物が労働者の集まりでホームデイルにおもねったスピーチをするが、「田園都市」を連呼して横から訂正を求められる。

第二章

特になし。

第三章

死体発見の場にホームデイル劇場の支配人リポンが加わっている。

第四章
ブレインとカーティスの名前がここで登場。ふたりとも、手隙のための選抜。章末は『会談は、友好的に近い精神で終了した』という一文で結ばれる。

第五章
穀物貯蔵庫《グレイン・エレベーター》とホームデイルの関係性について削除部分あり。『実際、この塔はホームデイルが持つ美点を――寄り集まり、調和し合い、しなやかな不変の強さを秘め、容赦ないほどの功利主義を信条とする点を、何よりも如実に体現しているのだ。建設者が考えもしない精神性を勝手に見出せることもあり、そういった象徴性から、塔はかつてこの地に生えていた巨大な木々に代わる存在として認められていたのである。とはいえ、もしまだあの木々が残っていたとしたら、塔の足下に雑然とまつわる灌木のように見えるのだろうが』

第六章
特になし。

第七章
マイヤーズ氏を待つ車中でのパイクの胸中。『彼は「何も考えない」という己が持論を思い出した。すでに今の段階で、かつてないほど頭を働かせている自分に気付き、ひとり苦笑する。言うなれば、五感のほんの僅かなパーセンテージで、闇にぼんやりと浮かぶ小さな家に近付いていくジェフソンの気配が意識されていた。ノッカーが叩かれる。静寂。話し声がし、静寂が先ほどよりもささやかに訪れてから扉が開き、閉まる音がした。あっという間に思える時間が過ぎて聞こえてきた扉の開閉音の後には、今度は凍りかけた砂利を踏む足音が続いた。パイクははっと我に返った』

第八章
エイミー・アダムスの殺害時刻が午後八時から八時半の間。

第九章
ライトフット夫人とスターリング夫人のやり取りで、リード医師の真摯な小児科医としての一面が強調されている。ルドルフ・シャープ邸で夫人が主催する定例の昼食会。この家で働いているアルバート・ロジャースの恋人メアリ・フィリモアがクラリオンの報道でブッチャーの逮捕を知る。郵便ポスト前の待ち伏せで、連行された投函者は女性三人、男性五人、少年ふたりの計十人。尋問はパイクが到着してから行われ、ヒッチン夫人（軍隊の息子宛）、ルースバトン氏（〝女友達〟と父親宛）、ユーニス・ドルトン嬢（「知り合いの男の子」に宛てたお断りの返事）への聞き取りが終わったところでブレインがブッチャーの手紙を持ってくる。ブレインはパイクに仕えた四年間で、初めてパイクの口から悪態が吐かれるのを聞く。パイクは聞き取りを州警察の私服刑事ウォルターズに任せ、ブレインと州警察の私服刑事二名を連れてバンガローに向かう。

第十章

猛スピードでバンガローに向かうクロスリーをジョージ・バーチ巡査が目撃する。パイクらはマージョリー・ウィリアムズの遺体を発見、車に載せてホームデイルに戻る。郵便局ではウォルターズが怒り狂うクロウリー氏を持て余しており、パイクは静かだが冷ややかな声音で「非常時には非常手段に訴えなければならない」ことをほのめかし、屈従させる。クロウリー氏（母親宛、セルフリッジ社宛の小切手、妹宛）の後、エルシー・フロスト嬢（事務弁護士宛）、フィリップ・フロッグノール氏（妻に頼まれた三通）、エドワード・サッチャー氏（ソール・アンド・ハーディング社への注文）、イズレイル・ゴンパーツ氏（妻に知られたくない手紙）、パーシー・バー少年（母親のお使いで四通）への聞き取りが行われる。九人に怪しいところはなく、見過ごしがあったのではと不安になったパイクは、ブッチャーの手紙が公明正大な手紙と一緒に投函された可能性を憂える。最後のひとり、ジョージ・エヴァンス少年がマーケットで預かった手紙を郵便局に投函しにきたことを説明するのを聞きながら、パイクは懸念が杞憂ではなかったことを悟る。

第十一章

ホームデイル株式会社で対策会議が連日行われる。警察は代理が出席したり、欠席したり。ブッチャーの事件はイングランド、スコットランド、ウェールズはおろか、アイルランド自由国でも関心を集めている。木曜の朝にはルーカス副総監がデュッセルドルフ警察の署長から応援を申し出る手紙を受け取る。

第十二章
特になし。

第十三章
ブッチャーを捕らえるためならば、ドイツ人かフランス人であったなら『もうひとりかふたり、あるいは五人の命と引き替えにしても、この凶悪犯罪を根絶するだろうが、イギリス人である我々には『そんなことは許されない。政府が介入するだろう』と、パイクは『政府』の部分を蔑むように言って見解を示す。母親のモリー・ブレイドではなく、ミリセントが乳母車の中で冷たくなっているところを発見される。

第十四章
ショックで震えが止まらないモリー・ブレイドに、ジャック医師とマラブル嬢が付き添っている。パイクはマーケットに向かおうとするが、下宿の前を占拠する群衆が女ばかりであることに気付き、強行突破を断念する。パイクは襲いかかってきた女を取り押さえた後、警察は全力を尽くしているのだから、要らぬ騒ぎを起こして手間をかけさせないでくれと、怒りを押し殺しながら群衆に呼びかける。マーケットに到着すると、「よく晴れた気持ちのいい日だが、不穏な気配がホームデイルに充満しており、人々を恐怖という重く黒い外套で包み込んでいる」という描写が挿入。パイクの顔も険しく、強張っている。スプリングの勾留をめぐって本部長とやり合う折、パイクは犠牲者の名前は出さず、従って、ブレイド夫人の名前を口にした時に見せたような引っかかりもない。緊急集会が開かれている頃、ウィルフレッド・スプリングはまだ放免されておらず、パーシー・ゴドリーの隣の房にいる。イズレイル・ゴンパーツが集会に参加しており、篝火に板をくべている。夜、パイクはケニントンの自宅フラットで過ごすようにカラーとタイを外し、初老の伯母からいつかのクリスマスにもらった毛羽だったウール地の赤いスリッパを履いてくつろいでいる。

第十五章

ジャネットの視点で、下宿に帰ってきたパイクが上機嫌に見えるとの描写。髭を剃りながら、十三の郵便ポストにカメラを仕掛けた時の様子が振り返られる。八基は近くに空き家があり、パトロールが近付く度にカーティスが上手くごまかした。残る五基の内、三基は隣家の部屋をパイクが善意で借り受け、カメラを隠す屋内がない二基については、車の修理を装って技師と機材を配置した。パイクは下宿の自室で新しい案を練り、本部長に提出する。警察への協力を望む者に、直近の殺人が行われた時間の、ひとりあるいはふたり以上の友人によるアリバイ証明を自由意志で報告させるというその案は、容疑者を絞り込む素晴らしい手だと本部長とファローから手放しで賞賛される。話を詰めようとした時にブッチャーの手紙が届き、パイクは警察署を飛び出していく。

第十六章
犠牲者の名前がモリーではなくミリセント・ブレイドである他、特になし。

第十七章
目星を付けているのはジェフソンかとルーカスに問われ、パイクは意見は差し控えるがその可能性はあると返答。車を降りたカーティスが霧の濃さに難儀する。ブッチャーの手紙を偽造したのは誰かという問いで挙げられる名が、ブロッキーではなくカラザース。マクスウェルは自分の仕事が納得のいく出来ではないと思っているとのこと。手紙にある予告日が十六日。

第十八章
ブッチャーの偽造手紙の計略について知らされていないブレインに、カーティスが同僚として初めて軽い優越感を覚え、嬉しがる。「冷えてきたな、歩こうや」はブレインの台詞。霧の中に現れた人物を見て、ブレインがカーティスに「嘘だろ、神様。信じられん」と囁きかける。パイクがロンドンに行って戻ってきた日付が十二月十七日。ホームデイルを去った日付は十八日。

第十九章
夜間外出の自粛中だが、劇場と映画館は閉まっているのに〈ほったて木屋〉は開いている。自粛をものともしない住民はバトリーの映画館とセント・ラグランズのダンス・ホールに行く。浮浪児を家に迎えたフィンチ女史の胸の内で『迷子……何処にいるのかわからない子……何処にいるのか父親は知らない……ただのちっちゃな浮浪者……』というフレーズが五回繰り返される。最後に女優が所望するのは、ウィスキー・ソーダではなく煙草。

初稿版は削除版に比べ、全体的に描写に厚みがある。例えば冒頭、六時半の汽車を迎え、慌ただしい駅の様子に筆は躍り、構内に溢れる人波に向けられた観察の眼はその奔流を形成するのは数多の個人であり、男ばかりではなく女もいて、服装、顔つき、体つき、全てが違うが、ただひとつだけ、全員が四角く平たい小さな鞄を持っていることを看取している。登場人物も幾分か饒舌で、特にポストの計略で捕まえられた投函者たちには二章も割いて大いに喋らせ、徒労に終わる事情聴取をパイクと一緒に根気よく付き合っていくことになる。

初稿版がいわゆる「神の視点」から語られる物語だとすれば、削除版にはカメラで切り取られた情景を語っているような手触りがある。冗長に通じる雄弁さを切り捨てたことで物語は引き締まり、外面的な描写が却って含蓄を持つようになった。

アーノルド・パイクは無駄口を叩かない。好き嫌いなどの主張はせず、知識のひけらかしもなく、経験談も語らない。慇懃さを盾にして敵愾心を退け、冷徹さをくるんだ柔らかな物腰を武器にして対立する者に斬り込んでいく。その頑固さ、一徹さ。枝葉を切り落とした削除版は、一を聞いて十を知るが如きパイクの切れ者ぶりを際立たせた。怒れるクロウリー氏や本部長、デモの群衆を一喝するシーンなど、言葉数を抑えながらもポイントを押さえた言動で一刀の下に両断する、有無を言わせぬ小気味よさでパイクの有能さも二割増しである。

ただ、パイクの感情は雄弁だ。仕草で語る。表情で語る。普段は物静かな紳士だが、いいアイディアが思いつけばすぐ飛び出していき、腹心の部下には荒い言葉遣いも見せる、意外と直情的な一面がある。

その腹心の部下に話を移すと、削除版では何かと仕事を任せられ、パイクの「右腕」と称されるカーティスだが、初稿版ではブレインの受け持ちであった仕事がふたつほどあり、霧の夜の待ち伏せでは偽造手紙の計略を知らされていないブレインに軽い優越感を覚えて悦に入るものの、「心理学」をpsychologicalと誤ってpsychologicalと訂正され、削除版に見られる頼もしい先輩としての鷹揚な風格はない。そもそも、ホームデイルに同行したのも、丁度ふたりが手隙だったからに過ぎないのだ。

初稿版では、ポストの計略で投函者を張っていたのはおそらくブレインで、パイクと共にマージョリー・ウィリアムズの遺体を探しにバンガローに急行したのもブレインである。投函者への聞き取りはパイクの到着を待って行われ、パイクらが留守にしている間は州警察の私服刑事ウォルターズに任された（が、結局、荒れ狂うクロウリー氏を前に為す術もなく、パイクの帰還まで何ひとつ仕事を進められなかった）。刈り込み版では投函者の確保をカーティスが、聞き取りをブレインが受け持ち、ルーカス副総監が言う「有能な指揮官が統率する警察の人海戦術」を体現するように、銘々が自分の役割を心得た仕事ぶりを見せている。

本作の時代設定は〈デュッセルドルフの吸血鬼〉が世を震撼させて間もない一九三〇年と推測され、舞台はイングランドの架空の新興田園都市ホームデイルである。平日には住民が鉄道で都市部に通い、舗装道路を自動車が走り、大きな工場と商業施設があり、フットボールとパブを愛し、夜になれば霧も渦巻き、貴族階級も労働者階級もいる、大都市の煩雑さと田舎町の閉鎖性を削ぎ落とした、掌に収まるような都会のミクロコズムだ。郊外に再構築された人工的な街は、簡潔で都合がいい。ロンドンから来たパイクのホームデイル評は「贋物《まがいもの》の街」――削除版では街の描写を抑えたことも相まって、必要なところを必要なだけ映す、映画のセットのようだ。

初稿版からの大幅なリライトは展開にテンポの良さをもたらし、視点を登場人物に近い位置に持っていった。枝葉末節に大鉈を振るったことで「都合の良さ」が増したことは否めないが、凄惨なのに血の一滴の描写もない殺人事件（犯人が浴びた返り血はどうなっているのだろう）には、フィクションと割り切れるだけの映画を観ているような読み心地の方が合っているのかもしれない。

ちなみに、フィリップ・マクドナルドはイギリス児童文学の大家ジョージ・マクドナルドを祖父に持つイギリスの推理作家で、一九三一年（つまり本作を発表した年）にハリウッドに渡り、脚本家として活動している。

フィリップ・マクドナルド『狂った殺人』をめぐって

亜駆良人（神戸探偵小説愛好會）

本書の著者であるフィリップ・マクドナルドには特別な思い入れがある。また、本書『狂った殺人』にも特別な思い出がある。

著者の略歴については、これまでの翻訳書で詳細に紹介されているので、ここでは簡単な紹介にとどめておこう。

フィリップ・マクドナルドは一八九九年生まれ。『リリス』などの作品で知られるファンタジー作家のジョージ・マクドナルドは祖父にあたる。映画関係の仕事に従事しながら、数多くの筆名を使用してミステリ作品を発表した。これらの筆名の中で、日本では「殺人鬼対皇帝」などの翻訳があるマーティン・ポーロックの名前がよく知られているだろう。一九八一年死去。

『鑢《やすり》』（別題『鑢――名探偵ゲスリン登場』）、『ゲスリン最後の事件』を含むアントニー・ゲスリンが活躍するシリーズが最もよく知られているが、短編でも一九五三年のSomething to Hide（未訳）と一九五六年のDream No More（邦題「夢見るなかれ」）。ハヤカワミステリ文庫『エドガー賞全集（上）』所収。訳者は佐宗鈴夫）でエドガー賞の最優秀短編賞を受賞している。

さて、著者に対する思い入れであるが、昭和二九年生まれである筆者の世代と同時代のミステリ愛好家にとってはフィリップ・マクドナルドはまさに幻の作家であった。昭和四六年頃の高校時代に入手した江戸川乱歩の随筆集『幻影城』では「ポーより現代までの路標的名作九〇冊」が紹介されているが、その中に著者の作品『鑢』の題名があった。もちろん大いに読書欲をそそられたのだが、肝心の本が手に入らなければどうしようもない。ましてや『幻影城』のリストに書かれていた邦訳は「新青年」に掲載されていたものであり、戦後の邦訳について知ったのはもっと後になってからであった。

当時、著者の数作品は既に翻訳が出ていたのだが、それらはほとんど入手不可能な状況になっていた。特に「ポーより現代までの路標的名作九〇冊」のリストにもあり、著者の代表作である『鑢』は黒沼健訳が雑誌「宝石」に連載され（昭和二九年十一月号から十二月号）、その後ハヤカワ・ポケット・ミステリから刊行されていた。ポケット・ミステリも見かけなかったが、この「鑢」が掲載された号の「宝石」も見かけなかった。同じ昭和二九年刊行の「宝石」は結構古書店でも見かけたものだが、この二冊だけは何故か見かけなかった記憶がある。

その上に情熱に油を注いだのが、東京創元社から出ていた文庫付録の冊子「創元推理コーナー」第六号（一九七一年五月）のコラムである。「創元推理コーナー」第六号は「ミステリ特集」であったが、その中に「コレクター、これ一冊」というコラムがあり、都筑道夫がフィリップ・

マクドナルドの*Persons Unknown*について、次にように書いていた（フェアなパズルとなっていることについては、ポケミス『鑢』の解説で田中潤司も書いている）。

フィリップ・マクドナルドの作品は、展開が地味で、日本の読者むきではないかも知れないが、近代推理小説の変化を考える上で、ぜったいに欠かせない。この「正体不明の人物」は一九三一年（コピーライトは三〇年）の出版で、検死審問の速記が四分の三、残り四分の一が、それを読んだゲスリン大佐の推理をのべた手紙、という形式。完全にフェアなパズルになっている。マニアの間でも、あまり持っているという話を聞かないから、珍本といえるだろう。

このようなことを書かれて読む気をおこさない方がどうかしているのであって、ますますフィリップ・マクドナルドの作品に対する思い入れは深くなるばかりであった。ご存知のとおりこの*Persons Unknown*というのは米題であり、英題は*The Maze*といって、ポケット・ミステリから『迷路』という題で二〇〇〇年に翻訳が出ている。

冒頭で述べたように、作者フィリップ・マクドナルドに対する思い入れのほか、本書『狂った殺人』（原題"Murder Gone Mad"）にも特別な思い出がある。本書のことを知ったのは、「HMM」一九七二年九月号に掲載されたジョン・ディクスン・カーのエッセイ「世界最高のゲーム」であった。それに付されたエラリー・クイーンによる「編集者序文」によると、『狂った殺人』

は幻に終わったカーによる長篇探偵小説のアンソロジー『傑作探偵小説十選』に選ばれているというのだ。このアンソロジーにはカーによる序文が掲載される予定だったが、それが「世界最高のゲーム」だったのである。この「世界最高のゲーム」は「地上最高のゲーム」と題を改め森英俊氏による完訳が、『グラン・ギニョール』（翔泳社）に収録されている。

さて、カーが選んだアンソロジーに収録される予定だった長篇探偵小説十作というのは、次のとおりである。

『恐怖の谷』　アーサー・コナン・ドイル
『黄色い部屋の謎』　ガストン・ルルー
『薔薇荘にて』　A・E・W・メイスン
『ナイルに死す』　アガサ・クリスティー
『神の灯』　エラリー・クイーン
『毒入りチョコレート事件』　アントニイ・バークリー
『グリーン家殺人事件』　S・S・ヴァン・ダイン
『狂った殺人』　フィリップ・マクドナルド（本書）
『腰ぬけ連盟』　レックス・スタウト
『毒を食らわば』　ドロシイ・L・セイヤーズ

この十作については、カー自身が「十七年後の追記」で、「四人の作家についてはいつの長編を選ぶだろう」として、次の作品名を掲げている（ただしセイヤーズについては『毒を食らわば』を改めて選んでいる）。

『矢の家』　Ａ・Ｅ・Ｗ・メイスン
『チャイナ橙の謎』　エラリー・クイーン
『鑢』　フィリップ・マクドナルド

「十七年後の追記」で『鑢』と入れ替わってはいるものの、最初は本書『狂った殺人』が候補作としてリストアップされていたのである。もちろん「地上最高のゲーム」には本書のことを紹介する文章が書かれているのだが、「ＨＭＭ」に掲載された宮地謙訳は編集者であるエラリー・クイーンによって省略されている部分があり、残念ながら『狂った殺人』はその省略された部分にあたるため、ここでは翔泳社に収録されている完訳版から引用する。

『くるった殺人』のテーマは現代の田園郊外住宅地に出現した〈切り裂きジャック〉であり、そこではゲスリンの手腕は役に立たず、警察組織だけが勝利をおさめうる。犯人が殺人鬼を装っているのではないことを、読者はあらかじめ知らされる。〈虐殺者《ザ・ブッチャー》〉と名のる犯人は正真正銘、血に飢えているのであり、そのすぐあとに迫ったパイク警視でさえ、慎重に歩を進めざる

を得ない。恐怖に満ちた異様な雰囲気のあとに到来するクライマックスは、まさに読むものの血を凍らせる（森英俊訳）

フィリップ・マクドナルドや『狂った殺人』への思い入れが増す中、さらに筆者が煽られる原因となったのは、故・加瀬義雄氏が主宰していた「ＲＯＭ」誌を知ったことであった。同誌では未訳のフィリップ・マクドナルドの作品のレビューが数多くなされていたのである。

今まで書いてきた状況の中で大いなる興味と読書欲をそそられた結果、当時やりとりを始めたばかりだった英国の古書店から原書を取り寄せたのも不思議ではないだろう。そして、到着した『狂った殺人』の原書を一週間程度かけて読んだのも忘れることはできない。それほどまでにして読み終えた『狂った殺人』であったが、今回翻訳を読ませていただき、その面白さを再確認したのであった。

事件は、ホームデイルという駅で二人の男が降りたところから始まる。そして、ホームデイルの田園都市の街が紹介され、読者には男たちはその街にある一方の男の家に向かうことがわかる。そのすぐ後に出てくる「高床式の花壇が点在する芝生の上に立ち並ぶ、見分けのつかない小さな家々に囲まれた長方形の空間に足を踏み入れた。芝生には白い小さな鎖で繋がれた、白い小さな柵が張りめぐらされている。一階の窓はどれも四角く、そこから漏れてくる光は一様にピンク色に染まっている」という家の描写も、いたって平穏なものである。

その平和な田園都市に起こる連続殺人というだけでも、ショッキングな幕開けである。しかも犯人から捜査陣をあざ笑うかのような「第一の死者のご案内　安らかに眠られたし（中略）十一月二十三日、金曜日に死去……　ザ・ブッチャー」というような手紙が送られてくる展開は、読者をどんどん物語の中に引き込んでいくだろう。その後も殺人は次々と起こり、ザ・ブッチャー（The Butcher）からの手紙もこれでもかというくらい送付されてくるのだ。いつ終わるともわからない無差別な連続殺人、ほぼ全編がこの田園都市におけるザ・ブッチャーによる恐怖の物語である。果たしてザ・ブッチャーは捕らえられるのであろうか。読者は残り少なくなったページに焦燥感を抱くだろう。

本書の特色として、被害者に関する事柄や関係者のアリバイが一覧表として示されていることがある（第八章及び第十五章）。特に第十五章にある関係者のアリバイ一覧表は結末近くに置かれており、読者への挑戦の一形式と捉えても良いものである。そして、最後に明かされる犯人も意外な人物で、おそらく読者の予想を裏切るだろう。さすがはカーが十傑に選んだ作品である。

ただ本書には大きな弱点があるのだが、それが何かは読んで確かめていただきたい。最初原書で読んだ時にも感じたのだが、先に述べた「ＲＯＭ」誌でもＲＯＭ氏によるレビューでも、その弱点が指摘されている（「ＲＯＭ」十八号、一九八〇年）。しかしながら、本書『狂った殺人』は、この弱点を補って余りある面白さであることは保証しておきたい。そして、本書を読まれた方がどう思われたか知りたいところでもある。

新たに翻訳された作品や改訳された作品も少し増えた現在、飢餓感からくるフィリップ・マクドナルドへの関心も少なくなってしまったように思え、ファンとしては本当に残念なことである。まだまだ未訳作品も数多くあるので、早く次の作品の飜訳が刊行されないかと首を長くして待っているのは、筆者だけではないだろう。

〔訳者〕
鈴木景子（すずき・けいこ）
インターカレッジ札幌で翻訳を学ぶ。同社の第８回翻訳コンクール（2011年度）にて、『Riding the Phoenix』で最優秀者に選ばれる。

狂《くる》った殺人《さつじん》
——論創海外ミステリ 119

2014年4月15日　初版第1刷印刷
2014年4月25日　初版第1刷発行

著　者　フィリップ・マクドナルド
訳　者　鈴木景子
装　画　佐久間真人
装　丁　宗利淳一
発行所　論 創 社
〒101-0051 東京都千代田区神田神保町2-23 北井ビル
電話 03-3264-5254　振替口座 00160-1-155266

印刷・製本　中央精版印刷
組版　フレックスアート

ISBN978-4-8460-1320-2